星海社
FICTIONS

ワールド・インシュランス 01

柴田勝家

Illustration／しおん

星海社

「瞬間ごとに人は死に、十六分の一秒ごとに人は生まれる」

（チャールズ・バベッジ）

プロローグ

ルーティーンの鐘が鳴る。

一七九九年、嵐の中で沈んだルーティーン号に取り付けられていた船鐘(せんしょう)は、今ではイギリス最大の保険市場ロイズの手元にある。ロンドンにあるロイズビル。モダンなオフィスの中心にあるのは、歴史的絵画を切り抜いて貼りつけられた新古典様式の演壇。その円形堂(テンピエット)の上部に、この鐘が据えられている。

重要な何かが起きた時に、この鐘は鳴らされる。

保険を掛けている船が遭難した時には一回、その船が無事に帰ってきたら二回。そう決まっている。しかし二回目の鐘の音が聞こえることは数少ない。あるいは戦争が起きたなら? 多くの船がどことも知れぬ海の底に沈み、その度に鐘は一回ずつ続けて鳴らされる。

そして今また、鐘が鳴っている。

正確には支給された携帯端末の中で。

一人の紳士が、白いジャケットの内ポケットに手を伸ばし、コールを続ける携帯端末を手にした。国際電話回線のコール。その呼び出し画面にベル型のアイコンが表示され、左右に震えて音を鳴らしている。

ロイズの人間は、このコールを一度目で取るような真似(まね)はしない。必ず二度目で。それが叶わなければ、その電話が伝えてくるのは必ず凶報(きょうほう)だ。そういった馬鹿げたジンクスを守っている。

紳士が黒い髪を後ろへ撫でつける。東洋人の顔だ。中国人と間違われることが多いが、解(わか)る者ならば、その振る舞いが日本人のものだと気づくだろう。

東洋人の紳士――カイン・〝ファニー〟・ヴァレンタインは、携帯端末が二度目のコールを鳴らすのを待ってから、悠々と通話のアイコンを押す。

「やぁ、リジー。わざわざ国際電話での通話をありがとう。君の声を聞けるなら、メールよりずっと価値がある」

カインは端末からイヤホンマイクを取り外し、それを自身の耳にかける。怪しまれないよう、端末の方は再び内ポケットの中へ。

『ああ、もう！　先輩ってば嫌味言うのヤメてくださいよ。それより今どこにいるんですかあ？』

耳に届くのは騒がしい女性の声。キャサリン・〝リジー〟・ワザリング。同僚たる彼女の問いに答えようと、カインが周囲を見回していく。

パーティ会場だ。紳士淑女が集まり、テーブルを囲んで談笑している。赤絨毯(あかじゅうたん)にシャンパンが零れることもなく、壇上では楽団がジャズを奏でている。夜会服(やかいふく)やドレス、きらびやかな宝石や金時計で着飾った方々。お互いのアクセサリーを値踏みしながら、お互いの素性をそれとなく会話に織り交ぜる。よろしければ、これからの良い取引を。ダンスにでも誘うように、各地で鮮やかなビジネストークが花開いている。

「パーティの真っ最中さ。そういう訳で、あまり独り言はしたくないな」

カインが何気なく壇上の奏者に視線を送る。大柄な黒人男性のトランペット吹きが、それに気づいて頷いた。愉快そうに目を細め、この場を楽しんで貰おうと笑顔を作っている。

『んじゃ、独り言オッケーな場所に移動してくださいよ』

その言葉に、カインはわざとらしく肩をすくめてみせたが、この様子はモニタリングできていないだろう。飲みさしのシャンパングラスをウェイターに預け、会場の後方にある重い扉へ向かう。

ドアマンによって扉が開かれる。

その向こうに広がっているのは、ただ延々と広がる夕暮れの太平洋。

「実に素晴らしい光景だ。君にも見せてあげたい」

『先輩が仕込んだカメラで見れるから別にいいです』

「そういう意味じゃない。この海の雄大さは実際に潮風を浴びて初めて伝わるよ」

カインは太平洋に向けて一歩を踏み出す。実際に踏んだのは単なる階段だったが、その小さな区切りが現実と非現実の境界線でもあったようだ。

デッキへと出る。ここは太平洋、ペルー沖二〇キロの海上。そして、そこを悠々と航海する大衆客船ゴールドスター号の中でもある。

夕日が海を黄金色に照らし、その光がサイドデッキに並べられた古いベンチに影を作っている。パーティ会場こそ豪華なホテルの様相だったが、改装もままならない部分は二十年程度の年月を傷として刻みつけている。

「それで、君が連絡をくれるってことは、例の方々が到着なさるのかな？」

『そっすね。カヤオ港の監視員から連絡が入ってますよ。三隻の小型船が海に出たらしいです』

「なるほど、目を凝らせば見えそうだ」

太陽に目を細めつつ、水平線の向こうを見やる。遠い陸地の方から、黒い点が三つ、白波を立てて近づいてくる。

「確認した。間違いないね」

『よく余裕でいられますね。海賊ですよ、アレ』

「その通り。彼らは海賊だ。我らがキャプテン・ドレイクがペルーでスペイン船を襲ったように、今度は彼らが僕らの船を襲う」

カインは小さく笑い、踵を返した。再びパーティ会場に向かうためにデッキスペースを歩いていく。警備員の姿も無ければ、監視員の警告もない。実に予想通りの反応。

「客船を相手取った海賊行為はリスキーだが、まぁ無い訳じゃない。実に現代的な海賊行為さ。客人は財界や政界のお歴々だ。人質にすれば十分な身代金が支払われるだろう」

と言っても。カインは心中でそう付け加える。残念ながら、この船に集まった人間は名士とは言えない。せいぜいが小金持ち、一代で財を成した程度の人物ばかりだ。

あるいは、だからこそ都合が良いのだろうか。

「リジー、この船のプロフィールは？」

カインがパーティ会場に続くドアの取っ手に手を掛ける。海風は酔い覚ましに丁度いいものだ。

『えっと、ゴールドスター号ですよね。二〇〇四年の就航で、最初は香港のハイシンクルーズ社、今はシンガポールのベーシックライン社の船です。四万トンクラスで、旅客が千人、乗組員の方は無人化が進んでるっぽくて二百人程度です』

「どうして無人化を進めたんだと思う？」

パーティ会場のざわめきがカインを迎える。独り言を怪しまれないか心配に思っていたが、それも近いうちに無駄になる。

『さぁ？　世間の流れじゃないっすか？　機械任せの部分が増えてきてるし』

「違うね。僕の知ってる限りじゃ、ベーシックラインは採算が取れるか怪しい新興企業だ。機械やＡＩを使う方が費用がかさむ。船の無人化は大企業の特権だよ」

『じゃあ、なんでですか？』

カインに近づいてきたウェイターが、シャンパンの入ったグラスを勧めてくる。それを一つ取り、泡立ちを楽しんでから口につける。

「そりゃ君、襲いやすくしてるのさ」

カインがシャンパンを一口含んだところで、大きな音が会場に響いた。

会場に警報が鳴り響き、それに驚いたウェイターがトレイを傾け、シャンパングラスを落とした。ガラスが割れる。その不始末に大勢の客が顔をしかめ、あるいはダンスのステップを止め、未だに鳴り続ける不吉な音を確かめようと耳をそばだてている。

警報が止んだ。この状況すら船長が手引きしているのだろう。訳も解らないといった表情を浮かべる乗客たち。ウェイターや楽団も自らの仕事を放棄しているが、一部のベテランらしい乗組員は落ち着き払っている。

外からの音は聞こえないが、今この瞬間、ゴールドスター号に近づいた小型船から海賊たちが乗り込んでいるのかもしれない。船に乗り込む手段があればいいが、そうでなければ親切な乗組員の誰かが丁寧に梯子(はしご)を下ろしているだろう。

「さて、リジー。我が社の新入社員である君に、僕の仕事を紹介しよう」

耳の向こうで「はぁ」などと気の抜けた返事。それを合図として、パーティ会場のドアが大きく開かれた。

現れたのは二十人程度の一団。いずれも簡易な布で顔を隠している。日焼けした太い腕はペルーの漁師の証。油のシミがついた服を着ただけの者から、どこかから調達したタクティカルベストを着込んだ者もいる。容姿もバラバラなら、手にした装備もアサルトライフルから旧時代的な銛（もり）や鉈（なた）などと多種多様。

一群が大声を上げ、先頭に立った一人が自動小銃を突き出す。乗客に向けられるマイクロガリルの銃口。恐らくはペルー海兵隊のお下がりだろう。

パーティ会場は一気に恐慌状態に陥る。人々は戸惑いつつも、新たな乗客の叫び声に従い、大人しく両手を上げていく。

ただ一人、カインだけが両手を上げながら、ゆっくりと海賊たちの方へと歩いていく。

『ちょっと先輩！　挑発しないでくださいよ！』

「いいかい、リジー。第一に、このゴールドスター号を所有しているベーシックラインの問題がある。彼らは大衆向けのクルーズを提供したが、いささか時代遅れだった。今や小金持ち相手に商売はできない。そのツケだろう。ベーシックラインは高額な海上保険（マリン）を維持できなくなった」

悠々と歩むカインに、海賊のリーダーらしき男が自動小銃を向ける。大声で叫び続ける。何とか絞り出した英語での警告。その努力が愛らしくすら思えた。

「第二に、このゴールドスター号自体の価値の問題だ。この程度の船に高額な保険は掛けられない。そこでベーシックラインは考える。この船を事故に見せかけて沈めてしまえば良い。人質を陸地まで連行した後、船は放置されて遭難船となる。そうなれば、これまで掛けた保険金は支払われ、新たな船を購入することもできる」

『え、それって』

「その通り、保険詐欺だよ」

痺れを切らした海賊の一人が、カインに向けて銃を突きつける。

「そして彼らは、ベーシックラインに雇われた海賊だ」

カインは怯むことなく、胸元に迫る銃身を握ると、思い切り腕を振った。海賊が体勢を崩す。その隙を見て、カインはためらわず膝裏に蹴りを入れ、海賊を赤絨毯の上に転がした。

「彼らは銃で脅すだけだ。決して撃たない。撃ってしまえば人質に被害が出る。そうすると保険が下りない。そういう契約になってるんだ。僕が設定した。海賊やテロ行為によって乗員が傷ついた際は、その損失を補填することはない、ってね」

『それって、あらかじめこうなることが解ってたんですか?』

「こういうリスクの高い保険を引き受ける時、僕は必ずそう付け加えておく」

赤絨毯の上で海賊が呻く。カインは男の腕を捻り上げ、その手に構えた自動小銃を取り上げる。背後で見守っていた別の海賊がここで声を上げ、一気にカインへと詰め寄る。

鉈を振り下ろしてくる。カインはそれより早く懐(ふところ)に飛び込み、顎先(あごさき)を肘(ひじ)で打った。

「そしてリジー、最後に伝えよう」

のけぞった男の膝を軽く蹴り、カインがその場で組み伏せる。

「ベーシックラインの保険を請け負ったのは、我が社——ウィスクム・アンド・ファイブスだ。僕らは保険金の不正な受給を許さない」

新たに海賊の一人を無力化させた。それでも意気軒昂(けんこう)な、そして仕事に忠実な彼らはカイン目掛けて猛進する。

「保険の正しい履行を促す。それがつまり——保険調査員(インシュランス・アイ)の仕事だ」

カインが容赦なく銃口を突きつける。殺到した海賊たちも、それを見て動きを止めた。

「武器を捨てるんだな。しかし死ぬのも悪くないぞ。今から生命保険の契約をしてやっても良い。君らの家族には十分な保険金が入るだろうさ」

スペイン語でそう伝えると、男たちは互いに顔を見合わせてから、ようやく諦めたのか武器を手放して、その場に膝をついた。

「実に賢明だ。さぁ、皆様。彼らが悪さをしないよう、しっかりと手を握っていてあげてくださいよ!」

カインが周囲の乗客に呼びかけると、それに反応した数人が海賊に群がっていく。立場は逆転した。海賊たちは大人しく従い、乗客たちも紳士らしい振る舞いで彼らを拘束している。遠巻きに見守る女性たちは、一連の騒動の決着に惜しみない拍手を送ろうとしている。

『なるほど。先輩の仕事が解った気がしますよ』

耳から聞こえる声に小さく微笑む。

「しかし、だ。まだ保険の履行は完璧じゃない。このまま海賊に襲われたとあっては、乗客の何人かが心的なストレスを受けたと言い立てるだろう。心身を問わず、あらゆる損害を補償するのが保険だ」

そこでカインは視線を転じる。背後でのっそりと、最初に倒した海賊のリーダーが起き上がっていた。

一歩分、その判断が遅れた。

海賊は事態を見守っていた女性たちに向かって走り、たまたま前にいた一人の少女に飛びかかる。

「おい！」

カインが銃口を向けた時には既に、海賊が少女の首元にナイフを突きつけていた。

「なるほど、そういう手もあるな」

少女と目が合う。

銀色の瞳。艶やかな深い青のドレスに、白銀の如きアッシュブロンドの髪。白い首には金色のネックレスと、錆びついたナイフの切っ先。

人質に取られながらも、その少女は真っ直ぐにカインを見つめている。怯える様子はない。この状況を受け入れているのか、それとも理解していないのか。

カインは後者であることを願った。

「お嬢さん、名前は？」

唐突な呼びかけに少女は目を大きく見開く。英語の意味を取った海賊の方は、挑発されていると思い込み、ナイフをさらに少女の首に近づける。

「ほら、名前を教えて」

「ベティ」

そう、とだけ返して、カインは大仰に手を上げた。

『ちょっと先輩！ 何を落ち着いて、ああ、女の子！ 人質に！ ちょっとお！』

「ほら、今さっき言っただろう。海賊に襲われた、っていう状態には保険金が支払われるかもしれない。なら、この状況を別のものにすればいい」

カインは楽しげに手を振り、ベティと名乗った少女に向けて礼儀正しく頭を下げた。

「それでは、ベティお嬢さんにもご協力頂きましょう。海賊襲撃、このショーの参加者として！」

カインが指を鳴らした。

その途端、壇上で大きくトランペットが吹かれた。

少女を人質に取っていた海賊が、一瞬だけ顔をそちらに向ける。その瞬間を見逃さず、カインは大股で一歩を踏み込む。

縮地。日本の古武術での歩法。

呆気にとられた海賊の視線。一撃でナイフを叩き落とし、少女を片手で引き寄せる。そして、鋭い蹴りを一つ。

海賊の体が飛び、背後のテーブルに衝突する。落ちたシャンパングラスが細かい破片へと変わる。

「で、こんな感じ」

なおもトランペットの音が響く。それに従い、それまで微動だにしなかった楽団が息を合わせる。不揃いな音が、やがて旋律となってまとまっていく。

『ちょっと、ちょっと先輩！』

ここでカインが壇上のトランペット奏者にウィンクを送る。熟達した技でトランペットを吹き続ける黒人男性が、カインと、その胸元のカメラを通して様子を窺っているリジーに視線を送る。

「一人で乗り込む訳ないだろう。彼も我が社の大事なメンバーだ」

ここで万雷の拍手。

乗客たちは海賊の襲撃を一つのショーとして受け取ったようだ。危難は去り、紳士淑女は歓声を上げる。保険詐欺を防ぎ、一方で彼らに掛けられた保険を正しく守った。

「あらゆるリスクに保険を掛ける。当然だろう?」

カインが胸に抱えた少女を見つめる。

深い銀色の瞳が驚きの色を添えてカインを見つめ返す。そのあどけない表情に、満面の笑みをもって答えた。

「これがロイズのやり方さ」

拍手と喝采。楽団によるジャズナンバーが会場に広がっていく。

曲はマイ・ファニー・ヴァレンタイン。

WORLD.INSURANCE

ワールド・インシュランス

Presented by KATSUIE SHIBATA

Illustrated by SHION

著	柴田勝家	KATSUIE SHIBATA
イラストレーション	しおん	SHION
ブックデザイン	有馬トモユキ	TOMOYUKI ARIMA
フォントディレクション	紺野慎一	SHINICHI KONNO
校閲	鷗来堂	OURAIDOU

第一章

"A hundred million dollar pupil"

一億ドルの瞳

WORLD.INSURANCE

Presented by KATSUIE SHIBATA

Illustrated by SHION

Ⅰ

十七世紀にエドワード・ロイドが開いたコーヒー店の名は、今や世界的なものとなった。

すなわちロイズ。

イギリス人は伝統的に紅茶を嗜むが、あの激動の時代にあってはコーヒーという新しい文化も大いに隆盛した。つまり大英帝国の商船が七つの海を渡り、貿易航海を繰り返していた時代。

商人たちは自らの利益と巨額の補償を天秤にかけて、冒険的な航海に乗り出す船に保険を掛ける。彼らは馴染みの店でコーヒーを飲みながら、絶えず寄せられる世界の情報に耳を傾けた。新しいチャンスには頬を緩ませ、沈没船の詳報が出れば泣き崩れる。

商人たち、あるいは保険を商売とした者たち。彼らはカップの中に世界の波を思い描く。たった一ペニーのコーヒーを対価として、巨額の商談をまとめることだってできる。

そして、その伝統は二十一世紀の今にも続いている。

東洋人が一人、コーヒーを片手にリーデンホール・ストリートを歩いている。撫でつけた黒髪に白いスーツ。観光客と思われることはない。自信に満ちた足取りと、こなれた立ち振舞い。

ふぅ、と東洋人――カインがコーヒーを口に含んで一息。

カインは仕事場であるロイズビルに向かっている。いつもの通り、出社前にスターバックスコーヒーに寄って、キャラメルでうんと甘くしたフラペチーノを注文。コーヒーの値段は三ポンドに上がったが、同時に保険市場で扱う額も増えた。その意味合いは大英帝国時代のロイズと何も変わらない。

左右には石造りの建造物。その先には高くそびえる鉄骨のビルたち。その爪先を恭しく眺めて歩く。まさしくこの道が歴史の切れ目。ふと目をやれば、切り取られた青空を背景にして、ピクルスのような形をしたセント・リ保険ビルが見える。あるいは視界に入るのは外壁に剝き出しになったダクトと階段。陽光をきらめかせる窓ガラス。天を衝くような構造物の影。一見すると石油プラントか化学工場にも見える。ビルとしての機能性を全て建物の外皮に移した、この現代建築こそロイズビル。これら高層ビル群が金融街の全て、つまりロンドン経済の中心だ。

カインはコーヒーを飲み干し、ロイズの表玄関で立ち止まる。赤いコートで着飾った給仕――職員をこう呼ぶのはコーヒー店であった頃の名残りだ――に軽く挨拶をし、鉄階段を登っていく。

ビルの中に入れば活気あふれる人々の声。ロイズでは無駄な儀礼などなく、すぐさま仕事ができるようになっている。ここがアンダーライティングルーム。カインのような保険引受人が働く職場だ。

中央部はデパートのような吹き抜け構造、遥か上にあるガラス天井からは柔らかな光が降り注ぐ。剝き出しの柱はギリシャ神殿の如く、格子状の天井には照明。中心にはルーティーンベルを掲げた円形堂。左右には区画で分けられたボックス——長椅子と机、書類とPCが置かれただけの小スペースだ——が並んでいるが、それら一つ一つが無数のシンジケートのものになっている。つまり個別の小さな保険会社だ。それらが各階に存在し、巨大なエスカレーターによって結ばれている。

カインは自らが属するウィスクム・アンド・ファイブス社のボックスに向かう。ロイズビルの二階。非海上保険（ノンマリン）を専門に扱う階層だ。

ロイズは一つの会社ではなく、いわば保険市場の総体。言い換えれば保険の総合商社だ。顧客はブローカーを通じて、デパートで買い物をするように好みの保険を選んでいく。各シンジケートも自由競争の例に漏れず、より良く、よりお得にと、商業的アピールを欠かすことはない。

今もまた、複数のボックスの前でブローカーが並んで立っている。まるで人気のパティスリーに並ぶ少女のようだが、紳士らしく規律を持って立つ彼らもまた、自身の利益と被保険者の安全を両立させようと血道を上げる油断ならぬ商人たちだ。

カインが彼らの脇を通っていく。見知った何人かのブローカーがいれば簡単な挨拶を交わす。保守的なロイズにあっても、日本人であるカインを白い目で見る者は少数派だ。それだけ、彼に任せた仕事のウケは良い。条件が良ければ我が社へどうぞ。微笑みと軽い言葉の裏側で、互いの利益を目聡く計り合う。

被保険者の代理人たるブローカーは、顧客の要望を満たせるシンジケートを探し出すことを目的とし、一方のシンジケートも細かく料率を計算し、いかに自社が利益を受け取れるか商人的な勘を働かせる。日に何件も契約を結ぶようなロイズのスター選手もいれば、昔ながらの付き合いを重視する老舗シンジケートも存在する。そうして、今も各階で様々な保険取引が交わされているのだろう。

そうしてカインがウィスクム社のボックスに着いた時、珍妙な悲鳴と共に数枚の書類が飛んできた。

「おっそい！　遅いですよ、先輩！」

そばかすの乗った幼い表情。赤髪の大きな三つ編みは彼女のトレードマークだが、今日はところどころで枝毛が主張している。見れば眼鏡の奥には怒りの涙に滲んだ瞳。加えて、これでもかと犬歯を剝き出してくる。

「おはよう、リジー。ゴミ箱と間違えて僕に紙くずを投げつけるドジっぷりがキュートだ」

「うぜぇです！　何時だと思ってるんですか！」

カインは散らばった書類を拾い上げ、適当にまとめてボックス内の机に放る。見ればボックスの中は散らばり放題。恐らくはリジーの私物なのだろう、海上保険に関する本が何冊も積まれ、大量の付箋（ふせん）が飛び出している。さらに見知らぬ書類が何枚も重なっているところを見れば、先日のペルー沖の一件の事後処理をしていたことが解る。

カインがコートを手近なハンガーにかけると、リジーが唸り声をあげて、あからさまに威嚇（いかく）を加えてくる。

「先輩は優雅な船旅を終えたようですがぁ、私は先輩が帰ってくるまで、ここで地味な作業をずっと続けてたんですよお」

「ありがとね」

「ハァ!?　それだけッスか!?　死ぬ思いで処理したんですよ？　新人ですよ、私。新人にこれだけ仕事させるって何すか。過労死（カローシ）しますよ！　日本人の特権使わないでください！」

実に人種差別的な文句だが、カインは軽く微笑むだけで嫌な顔をすることもない。典型的イギリス人（ジョンブル）ばかりの老舗シンジケートなら顔をしかめるだろうが、あいにくとウィスクム社は新興シンジケートであり、勤める人種も多種多様、こういった冗談は流すのが常だ。

「すまなかった、いや本当、ありがとう」

そう言って、カインは自身の席に腰掛けつつ、対面するリジーの前にコーヒーカップを置く。

「え、差し入れッスか？」

それまでの怒りはどこへやら、リジーは主人を見つけた子犬のように喜び、楽しそうにコーヒーに手を伸ばす。そうして満面の笑みでカップに口をつけた直後、

「空じゃねぇか！」

と、今度は本当にゴミを投げつけてくる。

「表情が豊かで羨ましいよ」

カインが愉快そうに笑い、対するリジーは唇を曲げている。それでも鼻息を一つ吐いて頭を切り替えたようだった。

「で、そんなムカつく先輩にお仕事任せたいんですけど」

「罪滅ぼしだ。何でもやってあげよう」

カインが手を伸ばすと、その上に大量の書類が置かれた。これには思わず顔をしかめてしまう。

「必死にやった割に、随分と残ってるな」

「違いますう。それ以外の請求（クレーム）は全部処理しました。先輩の活躍ぶりで、まぁほぼ全員は海賊に襲われたことは不問にしてくれたんで」

「それは、まぁね。で、これって――」

カインが書類をめくると、そこに被保険者の名前と保険内容が記されている。数枚ほど

見たところで、明らかに通常の保険ではないことが解り、さらに顔を険しくする。

「これは、一人の人物に対する重複保険か」

「それです。そこんトコ、私はよく解んないので先輩に任せるしかないんですよ」

「重複保険は、一つの対象に複数の保険契約が結ばれたものだよ。たとえば、一隻の船が三つの保険会社と契約を結ぶ。すると、船が沈んだ際にはその三社が損害分を支払うことになる」

「それって、もしかして余計に保険金を貰えたりします？」

「悪用すればね。でも、基本的には契約した各社で調整して、損害分を超えないように支払うことになる」

カインは書類をめくり続ける。やがて被保険者として名が挙がっている人物のプロフィールが記された紙が現れると、そこで「ほう」と声を上げていた。

「エリザベス・スピラ。この重複保険の被保険者だよ」

カインが書類を抜き取ってリジーに手渡す。それを見たリジーの方は、あからさまに驚いた表情を作る。

「ええ、十五歳の女の子？　なんで、こんな子が」

「さぁね。ベーシックライン社の一件は我が社の管轄だけど、乗客の保険まではノータッチだ。でも、かなり面白い保険内容だ。二十六の異なる保険会社が彼女に保険を掛けている。それも高額の保険だよ」

カインが仕事道具である万年筆を取り出し、書類の文字列を叩いてみせる。

「総額は一億ドルだ」

がっ、とリジーが喉を鳴らした。書類は見ただろうが、総額での保険金まで計算していなかったらしい。

「一億ドルって、一億ドルですか？　なんで、こんな小さな子に」

「経歴を見るに、ロンドンに暮らすユダヤ系の一族だ。スピラ家なら海運業で有名なスピラ・ロンドン社の関係者だろう。ロスチャイルド家とも縁が深い」

「それって、とんでもないお嬢様ってことですかぁ」

リジーの情けない声が届く。雨に打たれた野良犬のような、何とも言えない表情を浮かべている。

「まぁ、著名人に対する高額保険はそれほど珍しくないさ。僕が面白いと言ったのはここだ」

カインが書類の一部を示す。保険対象の項目。

「一億ドルの保険。その対象は彼女自身じゃなくて彼女の瞳そのものだ」

その言葉にリジーが怪訝（けげん）な表情を浮かべる。

「これは単なる生命保険じゃない。損害保険なんだ。彼女の瞳、つまり眼球や視力に問題が起これば、この無数の保険会社は一億ドルを補償金として支払うことになっている。言い換えれば、彼女の瞳には一億ドルの価値があるということだ」

むむぅ、とリジーが唸り声を上げる。この奇妙な保険内容について、新人である彼女は未だに納得がいかないらしい。

「そう難しい顔をしないでくれよ。瞳というのは珍しいが、体の一部に保険を掛けるのは良くあることさ。たとえば、世界的歌手の声帯、トップモデルの脚、美食家の舌、ハリウッド女優の髪。どれもこれも、実際にロイズで請け負ったことのある保険内容だ」

「それは、何となく解りますよ。大事な商売道具ですもんね」

「その通り。そしてロイズは、そういった極めて珍妙で、かつ先進的な保険を扱える場だ。世界最大の保険市場たるアメリカでさえ扱えないモノを、我々は保険として請け負うことができる」

「でもですよ、見る限りじゃ、この子の目に一億ドルの価値があるとは思えないんですけど。なんか特別な仕事とかしてる訳じゃないっぽいし」

「さてね。書類を見る限りじゃ、保険を掛けたのは彼女の父親らしい。よほど可愛がっているんだろう。きっと、そういう見栄(みえ)のための保険さ」

ここでカインが立ち上がり、ボックスの廊下側にある札を掛け替えた。在室の表示。つまり、これより業務開始。

「何にせよ、僕らには関係のないことさ。それだって複雑な重複保険だが、我が社に請求される訳じゃない」

気安い調子でカインが肩をすくめる。それと共に、ボックスの前に人影が現れた。どうやら誰かがウィスクム社との取引を目当てに来ていたらしい。

「今日もここは楽しそうだね」

現れた紳士はふくよかな腹を揺らし、いささか時代錯誤なトップハットを上げて挨拶を送る。容姿こそ英国紳士だが、長く伸ばした口ひげと晴れやかな笑顔はカインと同じく東洋人のそれだ。

「おや、ミスター劃(ホワイ)。おはようございます」

「おはよう、カイン。それにリジー嬢も。机の散らばり具合を見るに、カイン君が無理な仕事を押し付けたかな」

東洋人の紳士が笑う。リジーがそれを助けと、カインがいかに悪辣(あつらく)な先輩社員かを言い立て始める。

それを優雅に聞き流す男——劃瑛綜(インツォン)こそ、ロイズに出入りするブローカーの一人だ。

劃は英国に渡った華僑(かきょう)の末裔(まつえい)という触れ込みで、ロイズにおいても有名人だ。彼は敏腕ブローカーとして、無数の保険会社を渡り歩き、様々な保険を持ち込む。その内容も伝統的な海上保険から、米国の量子コンピュータ開発のリスク引き受けなど、実に多岐(たき)にわたる。

「それで、ミスター。早々に来るということは、何か新しい保険でも持ち込んできたんですか？」

カインがそう尋ねれば、劃も愉快そうに頰を緩ませる。

先進的なウィスクムの気風と合うのか、劃は多くの案件を持ち込んでくる。他のシンジケートでは引き受けないような突飛な案件であっても、ウィスクムならば処理できる。そういう了解が両者にはあった。

「今さっき、外で聞いていたんだが、随分と面白い保険があるようだね」

劃がテーブルの上に広がった書類の山を指差した。

「あの重複保険ですか？」

「そう。実に複雑な案件だ。君らはそれを関係ないと言っていたね。でも残念だ。恐らく、数分後には君らもそれに関わることになるよ」

カインとリジーが揃って怪訝な顔を浮かべる。それを合図と受け取ったのか、劃が廊下側に顔を向けて小さく手招きをした。

その手招きに応じて、一人の少女が姿を現す。

「君は」

アッシュブロンドの髪。白い肌に銀色の瞳。あの日に着ていた青いドレスを、今は薄桃色のドレスシャツと黒いスカートに着替えている。

「お久しぶり、です」

少女が頭を下げる。ペルー沖の船で出会った少女。人質にされた彼女を、カインは鮮やかに救ってみせた。

「ベティ——なるほど、エリザベス・スピラ、か」

少女——ベティは名前を呼ばれ、堅苦しい笑顔を作った。

「あの、この会社は保険を引き受けてくれるんですか」

どう答えたものか。カインがリジーに目配せをし、契約の準備をするように命じる。ベティの横についた劃が訳知り顔で微笑んでいる。

「内容次第かな。ちょうど君の話をしていた」

カインがそう答えると、ベティは一歩を踏み込んでくる。ボックスの中に足が入る。それは契約の意思だ。ウィスクムとの取引を求めて、彼女はここまで来た。

「私の——」

ベティが真っ直ぐにカインを見据える。

「私の瞳を守ってください」

一億ドルの輝きがそこにはあった。

2

カインの目の前にコーヒーがある。砂糖をたっぷりと入れたエスプレッソ。一日に二杯以上のコーヒーを飲む時は、決まって厄介な保険の依頼が持ち込まれた時。ゆっくりと考えて、ようやく結論を出せるような代物と出会った時と決まっている。

「それで、君の瞳を守るっていうのはどういうことかな」

ロイズの足元、リーデンホールマーケット。精緻な細工で飾られたアーケード街のカフェ。屋外のテーブルについたカインが、対面するベティに問いかける。着飾ったウェイトレスが黒いスカートを翻して横を通り過ぎる。

飲みかけの野菜スムージーをテーブルに置いてから、ベティは真っ直ぐにカインを見つめる。

「この瞳には一億ドルの保険金が掛かってるんです」

それは理解している。ロイズからカフェに来るまでに、リジーが用意した書類を詳しく見た。

保険対象はエリザベス・スピラの瞳。視力、それに類する能力が失われた時に一億ドルもの保険金が支払われる。そして受取人はベティではなく、彼女の叔父だという。

「それは、一般的に言って君の瞳が何者かに狙われていると？」

「そうです」

ベティは不躾にそれだけ言って、再び薄緑色のスムージーに口をつける。気難しい年頃だとは思うが、それを差し引いても愛想がない。

「たとえば、君が怪我をして失明でもすれば保険金が支払われる。そして、受取人は君の叔父であるヴィクター・スピラという人物だ。彼が一億ドルを手にしたいと思っている。そういうことかな」

「解りません。叔父様は私の後見人で、私に掛けられた保険も相続しています。ですので、叔父様もそういった人の一人だとは思いますけど、それ以上に色んな人が私の瞳を狙っているので」

いまいち要領を得ない、というよりベティは何か大事なことを隠しているようだ。それを聞くまでは保険を請け負うことはできない。

「私の――」

そうしてカインが根気強く待っていると、スムージーを飲み終え、手持ち無沙汰になったベティが静かに口を開いた。

「私の父が、この瞳に一億ドルの保険金を掛けました」

「知っているよ。名前はネイサン・スピラ。あのスピラ・ロンドンの関係者だ」

カインが手元に用意した書類に目を走らせる。契約者の名はネイサン・スピラ。ベティの父親、そしてスピラ・グループの総帥一族の一人。立場そのものは他の一族より低いようだが、十年ほど前から新規事業を複数立ち上げて、そのいずれもが軌道に乗っているようだった。

「君のお父さんは成功者のようだ。スピラ家は経済界で影が薄くなりがちだったが、彼が興した事業だけは発展している。金融、保険、それに証券事業、といったところか」

カインが確かめるように視線を送ると、ベティは忌々しげに顔をしかめた。

「父は自分の財産として、私の瞳を利用したんです」

「どういう意味かな？」

「それこそ保険です。父の事業は他の親戚から良く思われていなくて、いつ横やりが入るか解らない、綱渡りのようなものでした。事業に乗り出す時も、親戚中から資産をかき集めていましたし。だから父は、その担保として私の瞳に高額の保険を掛けました」

それを聞いて、にわかにカインの顔が険しくなる。

「担保。つまり、もしも事業が失敗した時には君の瞳が支払いの代償になる、と」

「同情を誘うっていう意味もあったんですよ。自分の娘の目を担保にする。そうすれば、親戚だって無理な取り立てをしたり、ハゲタカみたいに財産を差し押さえたりしないだろう、って」

ベティの銀色の瞳に光るものがある。自虐するように話す彼女の感情、その全てを推し量ることはできないが、そこにある悲哀が見て取れた。

「馬鹿な話です」

そう言ってベティは笑った。

「一年前に父は死にました。事故死です。父の葬儀に集まった親戚たちは、父の遺体を見て涙を流すこともなく、一人きりになった私を心配そうに、そう、心配そうに見つめていました」

ベティが目元を拭う。指先についた雫が陽光に照らされる。

馬鹿な話。彼女はそう言った。

そうだろう。ベティの父親の見込みは甘かったようだ。親戚たちは彼女に同情などせず、ただ貪欲に自らの利益を求めた。憔悴する喪服の少女。その震える肩に手を置いて言うだろう。「大丈夫、心配しないでいいよ」と。彼らはベティの銀色の瞳だけを見ていて。

カインが口につけたコーヒーを置いた。

「なるほど、事情は大体解った。君のお父さんは亡くなり、その遺産の一つとして君の瞳に掛けられた保険金が狙われている、と」

あるいは、とカイン。この間のペルー沖での海賊の襲撃も、ベーシックライン社だけではなくベティの一族の手引きもあったとしたら。何かしらの事故によって彼女の瞳が傷つくことがあれば、たちまちに一億ドルの保険金が支払われていただろう。

カインはそれを思い、己が取った行動の重大さに身震いする。あの場に自分がいなければ、巨額の保険金がロイズから持ち出されていた。期せずして、カインはロイズを救ったことになる。

「それで、君は僕の仕事を調べて来たのかな」

ベティがこくんと頷く。白銀色の髪が広がる。

「保険調査員、ですよね」

その質問に、今度はカインが仰々しく頷いた。

「その通り。保険金の不正な請求を防ぐことを目的とした職業だ。世界各地に赴いて、正しい保険の履行を促す」

カインが誇るように笑顔を作った。自らの仕事に自信があるからこその表情だ。

保険調査員。仕事は多岐にわたるが、目的は単純。つまり保険が悪用されないように監視し、対処するだけ。

例えば、損失した船舶の積荷に保険金が支払われた上で、その積荷を横流しするような被保険者がいれば、これを調べ上げて法廷に持ち込む。あるいは車両事故の現場に赴き、それが実際の事故か故意によるものか確かめる。中には原子力発電所の安全性に掛けられた保険に対し、調査を名目に警備員を派遣するような会社もある。

「ロイズの中でも珍しい職業だけど、最近は何かと物騒なもんでね。昔ながらの信頼だけで取引をする時代は終わってしまった」

カインが自嘲気味にコーヒーを含む。

「でも、君みたいな女の子が、そんなことまで知ってるとはね」

これにはベティが薄く笑った。寂しげに、そうすることが精一杯だったと告げるように。

「貴方は、私を助けてくれたので」

なるほど、とカインは頷く。

自身に掛けられた巨額保険を狙う者がいる。命の危機に晒される。これまで自分を守ってきた父親は既にこの世におらず、たった一人で危難に立ち向かうしかない。

そうした中、必死に手繰り寄せた細い糸の先にカインがいた。ペルー沖での出会いは、彼女の心に希望の火を灯しただろうか。

フフン、とここでカインが小さく笑う。

「確かに、保険金を目当てに少女を傷つけるようなことがあれば、それは保険の悪用だ。僕が調査すべき案件だよ」

ただ、とカインは付け加える。

「保険調査の契約は、そのシンジケートが保険を引き受けた場合だ。あいにくと我が社は君の保険に加わっていない。他のシンジケートならば、多額の保険金を出さないで済むように力を尽くすだろうが、僕らにとっては損にも得にもならない。むしろ調査を請け負えば、もしもの時に僕らも保険金を支払う立場になってしまう」

「お金ならあります。少しですが、私が自由にできる分の遺産を使えば、十分に保険料をお支払いできると思います」

「お金が欲しくて、僕はこの仕事をしてる訳じゃないんだ」

カインの言葉を受け、ベティは表情を硬くする。ようやく見つけた灯台の火が蜃気楼だったかのような、深い絶望を秘めた顔。それでも必死に不安を外に出すまいと耐えている。

「そう、ですか」

ベティはそれだけ言って、席を立ち上がる。財布を取り出して、ここの支払いすら自身で購おうとする。近くにいた金髪のウェイトレスが微笑みかける。

「ああ、待った待った。言い方が悪かった」

意地悪が過ぎた。回りくどい言い方はカインの悪癖だ。自戒を込めつつ、取り繕うように手を振った。

「僕が言いたいのは、保険金を出す側の判断が必要ということさ。多くの保険契約は、僕らへの信頼を元に一任して貰ってるが、今回みたいな件は話を通しておきたい」

「どういう意味ですか？」

話を聞く気になったのか、ベティが再び席へと座る。

「ロイズの保険のシステムは知っているかな？」

「なんとなく」

「なら詳しく説明しよう。ロイズでは保険料を元手に支払いを行うんじゃなくて、ネームと呼ばれる特別な資産家に支払い責任を担って貰っている」

「ネーム、ですか？」

「その通り。ネームはいわば名士だよ。政治家、大企業の社長、昔ながらの貴族などなど。我らが国王陛下の親類すらいる。彼らがお金を出してくれるおかげで、ロイズの保険は成り立っている。それもただお金を出すだけじゃない。今は有限責任（リミテッド）が一般的だが、限られた一部のネームは無限責任（アンリミテッド）を負う」

それは聞きなれない言葉らしく、ベティは不思議そうに小首を傾げる。

「上限のない責任。解るかな？　巨額の保険を支払う時、そういったアンリミテッドネームは自分の資産の全てを使ってでも払うことになる。顔も見たこともない誰かの損失のために、自分の城を手放し、毎晩使っていた高級な枕を売り払う貴族だっている」

「そんなの――」

「あり得ない、かな？　いや、ロイズならあり得る。誰かの損失にお金を払える、そうして名士としての面目を保つことができる。さらにネームは保証者として登録することで保険料から収入を得られる。しかし、それでも場合によっては全財産を失う危険性を伴うんだ」

大いなる賭けだよ、とカインは最後に付け加える。いくらか脅すつもりで言ったものだったが、少女はそれでも真剣な表情を崩さずに見つめ返してくる。

「それで、私はどうすればいいんですか？」

「つまり、今言ったようにネームによってシンジケートは成り立っている。我が社も一人、無限責任を負うアンリミテッドネームがいてね、君の保険を請け負うということは、彼……、彼女の財産を賭けるということになる」

「じゃあ、その人の許可があればいい、ということですか？」

「そうだね。そして彼女は独自の哲学で、保険を受けるかどうかを決める。君は今まさに、そのテストの真っ最中なんだよ」

その言葉にベティは身を硬くする。何気なく会話していたつもりが、既に値踏みをされていた。その事実に気づき、顔を赤くして落ち着かない素振りをみせる。

「あの……それって」

「我が社のネームたる人物が、君をずっと見ていたんだよ」

ベティは驚いた表情を浮かべ、慎重に左右を確かめる。

「そういう訳なんだが、彼女の保険はどうだい。引き受けてくれるかな」

カインの言葉に、どこかから「うふふ」と奇妙な笑い声が聞こえる。ベティがその声の主を探して振り返る。

するとそこで、金髪のウェイトレスが面白そうに笑っている。ピンクの口紅、長いまつ毛に青い瞳。おとぎ話の主人公のような、自信たっぷりの笑顔がある。

「カインも意地悪さんですワ。もちろん、彼女を見た時から合格に決まっていましてよ」

「え、あの？」

ベティが疑問を口にするより早く、金髪のウェイトレスが後ろから彼女の頭を抱いた。

「だってぇ、こんなに可愛い子の保険、引き受けない方がおかしいですワぁ」

訳も分からず頭を撫でられるベティに対し、惚けた笑みを浮かべるウェイトレス。垂れ気味の目に喜びの色が浮かび、すらりと伸びた手足を使って少女の体を絡め取る。

「え、ええ？」

「紹介しよう、ベティ。彼女が我が社のネーム。ルイス・〝アリス〟・テネシーワルツだ」

「よろしくお願いしますワ、ベティちゃん」

ウェイトレス——アリスがここぞとばかりに、ベティの頬に口づけをしようとする。それを見たカインが、すかさず手にした書類でもって頭を打つ。

「犯罪だからな。君が捕まるのは自由だが、資産は残しておけ」

「はァい。自重しまーす」

カインとアリスの一方的なやり取りに、ベティが目を白黒させている。未だに抱きしめられたままだが、それでも落ち着いてきたのか、そろそろと口を開く。

「あの、私、テストって」

「安心してくれていいよ。君は合格だ」

「でも私、この人に何も話してないし……」

ベティが不安げに顔を伏せる。くっついたままのアリスが尊いものを見るように、表情を蕩けさせる。

「はぁ、可愛い……アッシュブロンドの少女を守るために頑張るとか、もはや神……」

ぐいぐいと近づいてくるアリスを必死にいなしながら、ベティがカインに視線を送る。

「心配しないでいい。アリスが保険を受けるかどうか、その基準は簡単でね。さっきからウェイトレスのふりをして、君のことを観察していて、まぁ、即決だったみたいだけど」

「あの、その基準ってもしかして……」

ベティが疲れ切った表情で尋ねてくる。答える気を無くしたカインが両手を上げれば、少女に頬を寄せるアリスが鼻息を荒くして口を開く。

「もちろん、保険の対象が可愛いかどうか、ですワ！」

アリスの満面の笑みがそこにある。

3

ホワイトチャペルの路地裏をカインとベティが歩く。

アリスと別れた後だ。書類を集めて、明日以降に保険契約を改めて結ぶ運びとなった。

一旦、家に帰るというベティを送り届ける最中だった。

「しかし、ホワイトチャペルに住んでいるとはな」

カインが周囲を見回す。

再開発の進む表通りは商店の並ぶ愉快な街だが、一歩裏通りに入れば壁に拙いグラフィティが描かれ、路上にはゴミが散乱している。通りにはケバブを売るトルコ人、あるいは中華料理屋、それから怪しげな寿司屋もある。すれ違うのはヒジャブをかぶったムスリムの女性に、伝統的なる中国人、それから髭を伸ばしたユダヤ人。典型的な移民の街だ。シティと比べれば行儀の良い街ではないが、これもロンドンの見せる顔の一つ。あえて言うならば、下町人情に溢れた雑多な街。

そういった訳でカイン一人なら、昼食をとりに来ることもままあるが、そこに十五歳の少女を伴うとなれば話は別だ。

「本当に、ここで暮らしてるのか？」

歩きながらカインが隣のベティに尋ねる。

「はい、二ヶ月前に引っ越してきたばかりですけど」

そっけなく告げるベティだが、カインとしては大いに心配する。

さすがに切り裂きジャックが現れた時代は遠い過去。しかし昔ほどではないにしろ、この地区の治安が良い訳ではない。そんな場所で一人、スピラ家の令嬢が暮らしているというのは奇妙に過ぎる。

「ふむ、別に家はあるんだろう」

「ありますよ。マンチェスターの方に、お城みたいなヤツが。でも、あそこで過ごしたくないんです」

ベティが不満そうな顔で、その答えを絞り出してくる。

「自宅だと何が起こるか解らないから。家に出入りする人は誰も信用できない。階段から突き落とされたって、口裏を合わせればいくらでも事故に見せかけられます」

カインが頷く。

彼女の瞳を狙う者。父親という後ろ盾を失った今、親族でさえ彼女にとっては敵なのだろう。そうした者たちが暗躍する家で一人、不安に怯えて暮らしていたのかもしれない。

「だから暮らすなら、人の多い場所がいいです。もしも私が殺されたとしても、目撃者が沢山いれば、事件が明らかになって保険金は下りないです。そうでしょう?」

ベティが笑う。悲壮な覚悟と、寂しげな微笑み。

「しかし、まさか一人暮らしじゃないだろう?」

「お手伝いさんと二人で暮らしてますよ」

その言葉には僅かに明るい調子が混じる。

「彼女は元々、ここから通いで我が家に来てくれてたので、今度は私が彼女の家に間借りしてる状態ですね」

「信頼できる相手、ってことか」

「はい。ライラという女性です。彼女だけは他の使用人と違って、私個人に仕えてくれていたので。私が五歳の頃から面倒を見てくれている、良きお姉さんです」

それとなく言うベティの声音が優しいものになる。よほどライラという女性を信頼しているのだろう。

「ここです」

やがて、裏通りを少し入ったところでベティが足を止める。外観は綺麗な集合住宅（フラット）だ。ただし辺りには散らばったゴミ袋に売りに出された古い家。人通りもなく、夜ならば好んで歩こうとも思わない。

ベティの案内に従い、鉄階段を登って集合住宅の二階へ。奥から二つ目のドアの前で立ち止まる。見ればドアの横に植木鉢が並んでいる。セージ、ローズマリー、タイム。そしてセイヨウオトギリソウの鉢だけが横に倒れている。

「この花は、君のお手伝いさんが育てているのかい？」

「そうですよ。ライラはハーブを調合するのが趣味なんです。私も彼女の淹（い）れてくれたハーブティーが好きなんです」

「なるほどね」

カインはそう言いつつ、慣れた手つきで鍵を開けるベティを見守った。不自然な視線を外へと向ける。

「どうぞ。せっかくですから、そのハーブティーでも飲んでいってください」

「それじゃあ、ご馳走になろうかな」

ベティが小さく微笑む。未だにぎこちなさは残るが、ようやく笑顔を見せてくれるようになったようだ。

そしてカインが笑みを返すのと共に、玄関に入ろうとするベティの肩を掴んで背後に引いた。

その瞬間、彼女のいた場所に何かが振り下ろされた。空気を裂く鋭い音が後に続く。

「え？」

ベティが驚きの声を上げるのと同時に、玄関にいた何者かは舌打ちを残し、奥の室内へと駆け出していた。

「実に手が早い」

カインがベティの肩を引き寄せる。体を密着させ、一歩ずつ確かめるように室内へと入っていく。

「あの……何が」

「いいから、静かに」

フローリングの床を踏む。暗い廊下の先で、ドアが開かれ光が漏れている。ベティを抱えたまま扉の方へ。奥のキッチンに人の気配はない。ワンルームだろう、逃げ込むならあの部屋だ。

カインが開け放たれたドアに身を寄せる。室内をちらりと覗けば、ワンルームにベッドとソファだけが置かれている。そして、窓際に三人分の人影。

「予想通りだな」

そう口にし、カインは堂々と身を現す。

対面する三人。覆面をかぶった男が二人に、黒髪の年若い女性が一人。女性の方は毅然としつつも、心配するような視線を送ってくる。見れば、男の一人が後ろ手で彼女を拘束しているようだった。

「どうして……」

女性の短い叫び。その声に気づいたベティが、短く悲鳴を上げる。

「ライラ！」

女性に駆け寄ろうとするベティをカインが押し止める。男の一人が警棒を構えている。先に少女を殴りつけようとした得物だ。

「貴女がライラ？　ハーブティーをご馳走になりたくてお邪魔しましたよ」

「何を……。早く、お嬢様を連れて逃げてください」

男の一人がライラの腕を捻り上げた。小さく呻き声を上げ、ライラが力なく俯いた。黒い長髪が乱れて顔を隠す。この場から逃げれば彼女がどうなるか、それを如実に想像させてくれる。

「ここで逃げるのは簡単だけど、そうすると多分、彼女が悲しむ」

カインが今にも泣き出しそうなベティの肩を引き寄せる。

「そういう訳で、彼らと取引をしよう」

仰々しく片手を前へと差し出す。警棒を構えた方の男が、覆面の下で明らかに不愉快そうな顔を作る。

「君らがどこの誰かは知らないが、おおよそ誰かに雇われた襲撃者だろう。この少女を誘拐しろとでも言われたんだ」

挑発するようにカインが言葉を紡ぐ。男たちは互いに顔を見合わせ、話を聞くべきか迷っているようだった。

「しかし残念ながら、それは不当な取引だ。君らの雇い主は、君らに犯罪行為を働かせるのにもかかわらず、十分な報酬を払っていない。いくらだ？　一万ポンド？　まさか十万ポンドは払ってないだろう。成功報酬で五万ポンド上乗せってところかな」

二人の男が明らかに狼狽する。カインの言った数字が図星だったようだ。でたらめな数を言った訳ではない。自分が雇うならいくら払うか。それを答えたまでだ。

「という訳で、僕は君らにそれ以上のお金を払おう」

「え、カイン、さん？」

ベティが不思議そうに見上げてくる。カインはウィンクを一つ。右手に締めた腕時計を外してみせる。

「パテック・フィリップの時計だ。これだけで六万ポンドはするぞ。そうだな、後は小銭しかないけど」

優雅に笑いつつ、カインは腕時計をベティに持たせてから懐を探る。そして、これ見よがしに取り出したのは二十ポンド紙幣の束。紙幣に描かれたウィリアム・ターナーの肖像が微笑む。

「さて、手持ちは一万ポンドだ。財布の中にもう少しあるから、足してもいいぞ」

カインが、一つ、また一つと札束を取り出して床に投げていく。

「ちょっと、カインさん！」

ベティが抗議の意味で胸を叩いてくる。カインはその小さな痛みを受け止めつつ、愉快そうに笑う。

「ベティ、僕はヒーローじゃない。彼らと戦って勝てる自信もない。だから僕は、実に意地汚い手段を使わせて貰うよ。お金を払って見逃して貰うのさ」

むぅ、とベティが頬を膨らませる。人質に取られている方のライラも、失望したように溜め息を漏らす。

彼女らの反応に肩をすくめつつ、カインが時計と札束を男たちに見せつける。

「さぁ、決断してくれ。言っておくが、僕を殴り倒してどっちも手に入れようなんて考えないでくれよ。僕は必死に抵抗するし、そしたら騒ぎになる。運が悪ければ君らは失敗して、逮捕されるかもしれない。だけど今なら、犯罪に手を染めることなく報酬以上の金を手に入れられる」

その誘い文句は男たちにとって魅力的だったようだ。カインの持ちかけた取引に従い、覆面の一人が頷いてみせる。警棒を床に置いて、そろそろと近づいてくる。カインもそれを受けて、腕時計を床に置かれた札束の横に。それを見たもう一人が、ライラを放し、一目散に駆け寄ってくる。

男たちが腕時計と札束を掴み取るのと、カインとベティが駆け出すのは同時だった。男たちが金目のものを掴んで部屋から出ていく。解放されたライラがベティを抱き寄せた。

「ライラ！」

ベティが年相応の少女のように、声を上げて年上の女性に縋(すが)りつく。ライラはそれを受け止めつつ、心配そうにカインの方を見つめた。

「あの、貴方はロイズの」

「ああ。ロイズの保険調査員。カイン・ヴァレンタインだ」

カインがわざとらしく、寂しくなった右手を振る。

「助けて頂いてありがとうございます。帰りがけに突然襲われて、それで――」

「長話はなしだ。安全な場所に移動しておこう」

有無を言わせない響きでそう告げて、カインは早々に部屋を出ようとする。一度だけ振り返れば、不安そうな表情のまま、ベティとライラが立ち上がっていた。

「うちのオフィスがある。今日はそこに泊まってくれ」

カインが促すと、ライラが力強く頷いた。困った顔を浮かべるベティの手を引いて、彼女もカインを追って廊下へと出る。

「あの、助けて頂いて恐縮なのですが」

部屋を出て、鉄階段に足をかけた辺りだ。背後に付き従うライラが申し訳なさそうに口を開く。

「その、何か他に手は無かったのでしょうか。あれだと、貴方が損をするばかりです」

「なら、君を見捨てれば良かったかな」

カインの言葉にライラが押し黙る。彼女に手を引かれるベティが悲しげな表情を作っていた。

「僕は契約者を裏切らない。それは僕がロイズの人間だからだ」

鉄階段を下り終え、カインが自信ありげに笑みを返す。

「ロイズのモットーは〝最高の誠意〟だよ」

その言葉にベティとライラが目を見張った。

「さて、しかし。随分と面白いことになった」

先に立つカインが前方に手を伸ばす。集合住宅を出た先、路地裏の一角に人影が見える。一人ではない。複数人の男たちが徒党を組んで、カインたちの方へ近づいてくる。その先頭には、覆面をかぶった二人の男。

「彼ら、頭が良いな。僕の渡した金で近くのゴロツキを雇ったらしい。確かに、集団で来れば逃げられないし、僕も身ぐるみを剝がされておしまいだ」

「な、何を呑気に！」

ベティが声を上げる。振り返れば、ライラが彼女を背に庇って前へと出る。

「逃げられは、しないですね」

「おや、まさか君は自分が囮になるとか考えているのかな」

「お嬢様を危険な目には遭わせられません。貴方はお嬢様を連れて逃げてください」

ライラが前へと進み出る。黒髪が流れて尾を引く。切れ長の目には強い意志の光がある。

それを見て、カインが小さく息を吐く。

「ベティ、彼女は実に良い女性だ」

少女が顔をしかめ、自身の黒いスカートを摑んだ。本心ではライラを止めようと思っているのだろうが、それが叶わないことも理解している。二人が普段、どういった思いで暮らしているのかが伝わってくる。

そこでカインがライラの前へと出た。なおも男たちは路地に広がって近づいてくる。

「ライラ、君は僕にヒントをくれた。だから、僕はこの事態に十分に対応できたんだ」

その言葉に、ライラが驚いたように顔を上げる。

「君の部屋の前で、セイヨウオトギリソウの植木鉢が倒れていた。あれは君が男たちに連れられて部屋に入る時、わざと足で倒したんだろう。違うかな？」

「それは――」

「セイヨウオトギリソウの花言葉は〝敵意〟だ。襲撃があったことを暗示していた。こちらを信用してくれてありがとう。僕がロマンチストなロイズの人間で良かったな」

その言葉を言い終えるより早く、男たちがこちらに向かって走り出す。手にした棒きれやナイフなどを掲げている。

それを受けて、カインが合図するように大きく手を上げた。その手には、ロイズで支給されている携帯端末が握られている。

「助けは呼んであるさ！」

その途端、路地裏に響く激しい駆動音。

狭い路地でのドリフト走行、タイヤの焼ける臭い、狭いアスファルトの道を削り、一台のＭＵＶ車が男たちの背後に現れる。

あっ、と男たちの誰かが声を上げた。しかし、その叫びも虚しく、暴走車は男たちの背を追い立てるように一直線に走ってくる。男たちは路地の左右に分かれて跳び、あるいは逃げ惑い、不運な者はそのまま車のボンネットに叩きつけられて飛んでいく。

「あれが、僕の信頼できる仲間だ」

カインがライラの肩を叩き、背後のベティに微笑みかける。

呆気に取られた少女たち。埃を巻き上げつつ、大型のバンがタイヤを軋ませて横滑りし、ぴったりとカインの体の前で停まった。

車のウィンドウが開き、一人の男性が真っ白い歯を見せて笑う。

「やぁ、カイン！　驚いてくれたかな！」

「ああ、とっても」

その答えを受け、運転席に座る大柄の黒人男性が「ヨッシャ！」と快活に叫ぶ。カインもそれに苦笑いを返しつつ、ＭＵＶ車のスライドドアを引いた。

「さぁ、早くここから逃げよう」

カインが二人の女性を招く。

先に平静を取り戻したライラが、未だに驚いているベティの手を引く。そうしてベティは車に乗り込む時、路地に転がった襲撃者たちの方をちらりと見やった。

「あの人たち、大丈夫かな」

「なに、大丈夫さ」

カインは少女たちを車に乗せて、重い鉄のスライドドアを閉めた。ただ不幸な襲撃者に向け、不敵な笑みを残す。

「治療費なら、さっき渡しておいたからね」

4

ロンドンの街をＭＵＶ車が駆ける。イーストエンドからさらに東、コマーシャル通りから国道Ａ13へ、ライムハウス方面。雑多な商店の街並みは移り変わり、歴史的建造物と小さな公園がパノラマとなっていく。

「あの！」

何度目かの呼びかけだ。後部座席からベティが身を乗り出し、鼻歌混じりでハンドルを握る黒人男性と、悠々と携帯端末を操作するカインに声をかける。

「助けて頂いて、感謝します。あの、それで、この人は」

ベティの質問を受け、カインが意地悪そうに笑って隣の男性の肩を小突いた。

「だってよ。覚えられてないみたいだ」

「マジ、ショック」

口をすぼめて、黒人男性がおどけてみせる。カインが気安い調子で手を振った。

「彼も僕と同じウィスクムの保険調査員だ。前にペルー沖の船で一緒だった。別に紹介もしてないが、あの時に壇上でトランペットを吹いていたジャズ奏者が彼だ」

「どうも、お嬢さん。俺はランディ・〝ヤフーヤフー〟・ムーン。あの時は趣味のトランペットが役立って良かった」

「次回はぜひとも、記憶に残る名演奏をお願いするよ」

カインがランディの肩をさらに小突き、それに二人して大笑いする。話についていけないベティが苦い顔をして、ただ「どうも」とだけ返して席に落ち着いた。

「それで、あの、どこへ？」

「我が社のオフィスだ。ドックランズの方だよ」

そこはテムズ川の沿岸、ロンドンのウォーターフロント地区。シティに替わる、これからのイギリス経済の舞台。こけら落としも済み、今では新興企業が多くビルを構えている。

「で、そこまで行ければ安全なんだが」

カインが含みを持たせて言う。後部座席を振り返ると、そこに険しい顔をしたライラがいる。

「ライラ、君は気づいているかな」

「はい。先ほどから、二台の車が追ってきています」

それに頷き、カインがサイドミラーに視線をやる。確かに、付かず離れず、二台の黒いセダンがこちらと同じルートを辿っている。

「どうする、カイン」

運転席からランディが尋ねてくる。

「振り払うさ。彼らは行儀の良い番犬じゃない。腹を空かせた痩せ犬だ。ランディ、ちょっと窓開けてくれ」

カインの言葉に従い、サイドウィンドウがするすると下がっていく。にわかに吹いた風に溶け込んだ、街の冷たい土の匂い。

「それじゃ、合図を送ってあげよう」

カインが背後のセダンに見えるように、片手を窓から出してみせる。そしてピースサイン。さらに、それを裏返しての挑発。勝利と侮辱のハンドサイン。

それを見て取ったセダンがスピードを上げる。運転手がアクセルを暴力的に踏み込んだのだろう。

「おお、コワ。やる気だぜ、アイツら」

ランディがバックミラーを確認しつつ、こちらもアクセルを踏み込んでスピードを上げる。対向車線を走る赤いロンドンバスの乗客たちが、突如として始まったカーチェイスに驚きの表情をみせた。

「それじゃあ、カイン。こんな時は決まってるよな」

「もちろん――」

カインが一度だけ後部座席を振り返る。しっかりと摑まっておけ、とベティとライラに視線を送った。

「――音楽だな」

「そう来なくちゃ！」

ランディが片手でカーオーディオに触れる。こういう時に流す音楽は決まっている。彼が愛して止まないUKソウル。

音楽が流れ始めるのと同時に、ランディが大きくハンドルを切った。

車体が傾く。タイヤが擦れる不愉快な音を残して、十字路を一気に曲がる。背後のセダンも同様に。

車内に音楽が広がっていく。明るい打ち込みの電子音、ドラムの軽快なリズム、トランペットにピアノの華やかな音、伸びやかな黒人女性の声が響く。

「きゃあ！」

後部座席でベティの悲鳴。ライラが横で彼女を支えていた。

「どうでるかな、カイン」

「直接的な手段は使ってこないだろう。事故に見せかけてこちらを排除するつもりだ。恐らく、周到（しゅうとう）に準備してるはずさ」

例えば、とカインが言葉を吐く。

それと同時に車道に影が現れる。横道から入ってきた大型のトラックが、カインたちの車に横づけしてくる。並走する巨大な車が不気味に車体を左右に揺らしている。

「――居眠り運転のトラックが突っ込んでくる、とか」

ギュン、とタイヤが擦れる音。横についた大型トラックがハンドル操作を誤って、いや、誤ったようにタイヤを滑らせて迫ってくる。

「ランディ！」

衝撃。ボンネットに質量が触れる。しかし、ランディがハンドルを捌（さば）いて、トラックの体当たりを間一髪でかわす。車は左の歩道へ乗り上げ、そのまま公園へと突入する。

「いいぞ、ランディ！　お前の所属はどこだ！」

「第２２ＳＡＳ連隊（レジメント）、Ｂ中隊機動部隊（モビリティ）です！」

ランディが雄叫びを上げた。そして車は公園を駆け抜ける。午後の憩いの時間を満喫していた人々が、叫び声を上げて左右に散っていく。

僅かに振り返れば、なおも二台のセダンが追ってくる。緑豊かな公園を三台の車が駆けていく。

「ボンネットに傷がついたぜ。今の、保険は利くよな」

「ウチ以外で契約してるならな」

芝生の上にタイヤ痕が刻まれていく。逃げ惑う人々と、跳ねるように暴走する三台の車。

「次はどうかな、カイン！」

「そうだな、僕なら公園の出口に車を回すね。爆発物をたっぷりと積んで、ぶつかった辺りで爆破できるようにする」

カインの言葉通り、公園の出口付近で二台の小型トラックが滑り込んで停車した。運転席から飛び出した作業服の男が走り去っていく。車体には危険物積載の文字。

「摑まれ！」

ランディが叫ぶ。ハンドルを捌いてのドリフト走行。急激なカーブに体が持っていかれる。停車したトラックの手前でＭＵＶが方向を変えた。

その直後、後方で轟音と爆炎。哀れな追走車が一台、炎に向かって突っ込んだ。

「ヤフー！」

「ご愁傷様だ。保険が利くといいな」

黒煙を背後にして公園を抜け、車は再び国道へ入る。広く延びた直線の先、曇天の空に映える高層ビル群。目的地は近い。

「ちょ、ちょっと……」

後部座席から悲鳴に近い少女の声。カインが振り返れば、ベティが今にも泣きそうな顔で必死に何かを訴えている。

「酔った？」

「う、うるさいです！」

その抗議の声を最後に、顔を青ざめさせたベティがライラの胸に縋りつく。ライラの方も、困り顔で少女の背をさすっている。

「貴方たちは、こういったことに慣れているのですね」

「自慢じゃないが、新進気鋭の我が社は方々から恨まれててね。君らの依頼を受けた時点で、これ幸いと敵が押し寄せてる訳だ」

これには運転席のランディが笑い始める。カインの方は少女たちを安心させようとウィンクを一つ。

「さて、これで少し様子見か」

長い国道を車が走っている。残ったセダンは未だに背後についていて、こちらへの監視を怠ることはない。やがて国道はなだらかに延びて、トンネルへと入っていく。港湾地区たるドックランズに繋がる、テムズ川の下を通る長い道だ。

さて、と、ここでカインが携帯端末に手を伸ばす。コールの相手は今もロイズの方で仕事をしているだろう、可哀想な新入社員たるリジーだ。

『ちょっと、なんすか先輩。私、仕事してるんですけど』

図らずもワンコール目でリジーが電話口に出る。この辺りは真面目だが、どうにもロイズの人間として自覚が足りないらしい。

「やぁ、リジー。大至急調べて貰いたいものがあるんだ」

カインが胸ポケットにしまっていた小型カメラを手にし、後方に迫るセダンに向けて写真を取る。映像データは即座にウィスクム社の共有データベースにアップロードされる。

「今、写真を送った車の照会をしてくれ」

『簡単に言ってくれますけど、大変なんですからね』

「大丈夫、君ならできる。我が社のデータベースに車両保険の欄があるから、車のナンバーから調べてくれ。それと該当する車が、どこのシンジケートの保険を受けているかも解ったら教えてくれ」

一方的に指示を出しつつ、カインは通話状態のままに携帯端末で周辺の地図を表示させる。ちらりとサイドミラーを確認。フゥ、と一息。困ったように頬を掻く。

「見ろよランディ、僕らのファンが増えたぞ」

カインが後ろを指し示す。ＭＵＶ車を追って、さらに数台のセダンが間隔を開けて走っている。ランディが全速で車の間を縫って駆ければ、彼らもまた速度を上げて追ってくる。

「トンネルを出た辺りで注意だ」

「了解」

カインの忠告通り、トンネルを抜けたところでさらに複数のセダンが停まっている。一方の道を塞ぐように、横並びで車列を作る。鳴り響くクラクションも意に介さない。

「港湾の方へ抜けるぞ」

ランディがそう言って、車は高架へと進んでいく。テムズ川上を走る新高速道だ。一般の車は減ったが、背後から追手となったセダンが迫る。車内に満ちるＵＫソウルの音が軽やかに転調していく。

「あの！　何かお手伝いは――」

ここで後部座席からライラが叫んだ。見ればベティを抱いたまま、真剣な表情でカインの方を向いている。

「そうだな、じゃあ、席の下にあるゴミを放り投げてくれるかな」

「ゴミ？」

疑問符をつけながらも、ライラが後部座席の下をまさぐる。手にしたものは取っ手のついたスプレー缶の如きもの。つや消しの黒地に黄色の文字列。

「これ……本当に投げていいんですか？」

「いいからいいから。まだいくつか転がってるから、ほら、ポイっと」

「知りませんからね」

ライラが目を瞑(つむ)って唇を結ぶ。後部座席のウィンドウが開き、意を決したライラがスプレー缶状のものをいくつか投げ落とす。

カラカラと弾んで、黒いスプレー缶のようなものが道路に散らばり、それらがセダンの方へと転がっていく。

「あの、あれって」

「MK3手榴弾——」

後方のセダンが左右に乱れてハンドルを切る。運転手の慌てぶりが車の動きからも解る。団子状で走っていた集団が連携も取れず、あちこちに道を違えて暴走。そして、互いに触れ、ぶつかり、クラクションとブレーキ音が交差していく。

「——みたいなスプレー缶」

カインが笑った直後、後方でセダン同士の衝突。大音響を残して、後方の集団が大事故を引き起こす。

「いや、ついついゴミを捨ててしまった。いけないね」

「行儀が悪いな！　カイン！」

二人の男が声を上げて笑う。スピーカーからは陽気な女性の歌声が響く。後部座席では悩ましげに額に手をやるライラと、彼女の胸に顔を埋めて呻くベティの姿。

「さて、でも油断はできないな。上手く誘導されてるな」

「ああ、いくつか曲がり角が塞がれてる」

カインが携帯端末で周囲の地図を確かめる。既に複数あったインターチェンジを通り過ぎた。いずれも物理的に封鎖されるか、入り口に大型トラックが停車していた。このまま一本道で誘導されるとなると、その先にあるのはドックランズに繋がる一本の橋だ。

「リジー、聞こえてる？」

カインが携帯端末を振ると、電話越しに不機嫌そうな声が届く。

「あのさ、少し電話して貰いたいんだけど。トランス・フィリップ社。ウチで請け負ってる保険相手だ。確か今日はウェストドックで船の荷降ろしだろう。その立ち会いに行くって伝えて」

『先輩……、こっちいくつ仕事してると思ってるんですか』

「君ならできるよ。君は追い込まれれば追い込まれるほど、正確な仕事ができるタイプだ。ほら、詳細は文書で送るから」

『後で覚えてろよお！』

リジーの悲鳴。その煩さ（うるさ）に耐えかねてカインが携帯端末を耳から離す。左を見やり、ハンドルを握るランディに目配せ。

ランディが小さく頷き、さらにアクセルを踏み込んだ。背後からは態勢を戻したセダンの一群。一つ先のインターチェンジの入り口も封鎖されている。これでは道を変えることも、高架道を降りることもできず、定まったルートを走り続けるしかない。

「リジー、車の照会は？」

『そっちはちょうど今終わりましたよ。複数のシンジケートで車両保険請け負ってましたけど、多くがダフトン社の契約です』

「モーガン・バクスターのシンジケートか！」

カインが面白そうに叫ぶと、ランディが口笛を一つ。

「中々だぜ、カイン。ダフトンシンジケートって言ったら、俺らを敵視してるロイズの古株だ」

「モーガン個人なら、特にギャング相手の保険引受人で有名だ。これは厄介な相手だな」

高架道はやがて、テムズ川に繋がるドックを見下ろす位置に入る。穏やかな川面を前景に、ビル群の窓ガラスが灰色の空を映す。カナリーワーフの高層ビルたちが、ようやくカインたちを出迎える。

「ランディ、この先は橋だ」

「そこに行くしか道がない」

カインがフロントガラスに顔を近づける。高架道の先は既にウォーターフロント地区。川の上に橋が架かり、整然としたビル街へと繋がっている。

「なるほど。相手方も鮮やかな手際だ」

カインの溜め息。対岸、橋の終端に複数台の車が横列で停まり、完全に一般車両の通行を封じているようだった。

「ランディ、あれを突破できるか」

「難しいね。隙間がないし、トラックも停まってるだろう」

ふむ、と唸ってカインがサイドミラーを確かめれば、相変わらずセダンは追走を続け、さらに集まったトラックが数台、退路を断とうと橋の手前に集結し始めている。

「なら決まりだ。ランディ、橋の真ん中、ちょうど工事中だろう。鉄柵がない場所がある。あそこで右に曲がってくれ」

「マジか」

「マジで」

カインとランディに何かしらの了解がある。後部座席では、訳も分からないままのベティとライラが不安そうに顔を寄せ合っている。

橋の先に集まった一群が、既に車から降りて向かってきていた。黒服の男たちが武器を手にして歩く。さらに背後からはセダンが追い立ててくる。

「ちょっと、何を――」

背後からライラの冷静な抗議。ベティは涙目のまま、彼女の襟元を強く握っている。

「じゃ、掴まっててくれよ」

車が橋の中央に差し掛かるのと共に、ランディがハンドルを切る。慣性に体が持っていかれる。カインは身を支え、ライラがベティを抱きとめる。

ドリフト走行で車体を九十度反転させ、そのままの勢いでランディがアクセルを踏み込む。耳障りな加速音。

そして、工事中を示す看板へ一直線。巨大な車体がカラーコーンをなぎ倒し、防護用の脆(もろ)い鉄板を突き破り、テムズ川へ向かって飛び出した。

「ヤフー!」

カインとランディの声が重なる。背後から悲鳴。車が暗く澱んだ川へと落ちていく。

しかし、水飛沫(みずしぶき)をあげることもなく、車は着地の衝撃を伝える。

「ヨッシャ!」

ランディの声がする。カインが衝撃に細めていた目を開ければ、そこに待ち望んだ光景がある。

橋を飛び出した車は、川を渡る中型の貨物船へと着地している。船尾甲板に積載されたコンテナが、車の重量をしっかりと受け止めていた。

「時間ぴったり。リジー、良い仕事をしてくれたね」

カインがシートベルトを外しつつ、携帯端末の向こうに声をかける。

『トランス・フィリップ社との交渉、面倒だったんですよ。ドックに入る時間まで指定してくれちゃって』

カインがドアを開けつつ、電話の先の部下を労るように携帯端末を振った。事前に送っていた指示を十全に果たしてくれた。彼女の働きには、その内にボーナスでも出してあげた方がいいだろう。

「これ、最初から狙ってたんですか？」

カインが車から降りる直前、ライラが声をかけてくる。これにはカインに変わって、ランディが大きく笑ってみせる。

「アイツはチェスが上手いのさ。ロンドン全部を盤面にして、相手がどんな手を打ってくるか予想して、戦いに勝利するんだ」

「僕が得意なのは将棋だ」

車を降りたカインが、コンテナの上に足をつく。衝撃によって歪んだコンテナを見て、どれくらいの保険料を払うべきか、即座に頭の中で計算していく。

見上げれば、橋の上に集まった黒服の男たちが憎々しげにこちらを見ている。さすがに川の上までは手出しできないらしい。やがて船は悠々とテムズ川を進み、ドックランズへと至るだろう。そうなれば、そこは既にウィスクム・アンド・ファイブス社のお膝元。危難は去り、波乱に満ちた今日が終わる。

カインが車のスライドドアに手をかけ、後部座席に座る少女に向けて手を差し伸べる。

「さて、後は君を我が社へ迎えるだけだ。オフィスについたら、お茶の時間にしよう」

シートベルトを外して、ベティがそろそろと不安定なコンテナに向けて足を伸ばす。カインの手を取りつつ、どこか不機嫌そうな顔を浮かべる。

「こんなことばかりしてたら、長生きできませんよ」

その言葉に、カインは目を見開き、その後に小さく笑った。

「大正解」

少女の手がカインの手に重なる。

雲は移ろい、午後の陽が顔を覗かせる。穏やかな川のさざなみは煌めき、遠くビル群の壁面がまばゆい光を反射する。

幕間

カインが胸の痛みに目を覚ます。

浅く息を吐きながら、呼吸の度に訪れる激痛を必死に耐える。顔をしかめ、脂汗を額に浮かべながらも、なおも口元に笑みを作る。

ありがとう、神様。くたばっちまえ。

乱れた髪を掻き、繰り返される痛みを抑えつつ、気を紛らわせようと周囲に視線を送る。

ソファの上に寝転んでいたようだ。白いジャケットが無造作にハンガーラックに掛かっている。ここはどこだっただろう。家に帰れたのか。いや、違う。ここはウィスクムの個人用オフィスで、自分は契約書類を整理している最中に仮眠を取ったのだ。

ようやく痛みが和(やわ)らいでくる。ソファから立ち上がって、窓辺によって外の風景を見る余裕が出てきた。

夜の港湾地区。光り輝く大型クレーンの赤色灯。カナリーワーフのビル群が幾何学模様の星空となって輝き、黒い川に反射している。

灯りが欲しくなり、カインが机の上のランプに手を伸ばす。暖色の光がオフィスを淡く照らす。

机の上に書類が散らばっている。例の少女に関する書類に交ざって、医師からの診断書が置かれている。保険の料率を計算する時に、生命保険で使う生命表を参考にしようと思い、わざわざ取り出したものだった。

ふと見た書類の一つにチャールズ・バベッジの名前がある。大英帝国が生んだ天才、計算機の父たる数学者。彼の研究によって人間の死亡率と生存率が統計的に割り出され、今なお保険業界で使われる生命表の元となった。

そして、その生命表を参照するならば、カインの人生に与えられた数値は他人とは異なる。彼の年齢に対する平均余命は五十歳前後だが、カインの場合はそこが違う。

推定の余命は一年だ。

末期の肺ガンだった。何度も確認した。診断を下した医師と派手に喧嘩もしたし、これは間違いだと声高(こわだか)に叫んで各地の病院を回りもした。煙草も止めたが、それでも、その数字が覆ることはなく、カインの人生に明確な残り時間を与えてくれた。

カインが自嘲するように息を漏らし、ほのかな灯りに照らされた書類をまとめる。自分の寿命が書き込まれた紙など、できることなら千切って捨ててしまいたかった。

いずれ自分は死ぬ。避けられない死が待っている。

自棄(やけ)になった時期もあったが、今では幾分か落ち着いてきた。同じウィスクムの社員でも、このことを知っている人間はいない。古い付き合いのランディだけは、数年前からの態度の変化で察することもあるだろうが、そこはあえて口に出したりはしないだろう。

カインが息を整える。ようやく痛みから解放された。

そうして書類を片付け終え、今度こそ寝ようかと思ったところで、ふとドアをノックする音が聞こえた。

「どちら様かな」

僅かな間の後、囁くような声で「私です」と返答があった。

深夜の来訪者。カインが笑顔を作ってドアを開ければ、そこに小さなトレイを持つベティの姿がある。

「こんばんは、ベティ。仮眠室じゃ眠れなかったかな」

ベティが首を振った。今はライラと共に社内の仮眠室を使って貰っている。慣れない環境だろうが、ホワイトチャペルの家よりは安全だろうという判断だ。

「多分、貴方の方が眠れてなかったと思うから」

そう言うベティは、トレイの上のティーポットに視線を落とす。

「ハーブティー。飲みたいって言ってましたよね。これ、取ってきて貰ったやつで」

ああ、と小さく頷く。夕方頃、ランディが彼女たちの家に荷物を取りに行ったはずだ。

契約に必要な書類と、生活必需品。その一つにライラお手製のハーブティーがあったのだろう。

「ライラほど、上手くは淹れられないんですけど。でも、飲めば心が落ち着きますよ」

ベティが柔らかく微笑み、応接テーブルの上にトレイを置いた。

「非常にありがたいね」

カインも微笑み、再びソファへと腰掛ける。ベティがティーカップにハーブティーを注いでいく。湯気が立ち上り、爽やかな香りが部屋に満ちていく。

「何か、僕を心配してくれることでもあったかな」

カインの唐突な指摘に、ベティが一瞬だけ手元を狂わせる。跳ねた水滴がテーブルに散る。

「別に、ただ今日のことで御礼を言いたくて」

「気にしなくていい。あれが僕らの仕事だ」

カインがそう言うと、ベティが苦しそうに顔をしかめる。ハーブティーの満ちたカップを差し出し、自身は対面のソファへと腰掛けた。

「やっぱり、貴方は変な人です。船の上で初めて会った時もそうでしたけど、なんだか、とても危険な生き方をしてる」

「そこも気にしなくていいよ。それは、僕の生き方だ」

カインがハーブティーをすする。ベティの方は押し黙り、膝に両手を置いたまま真っ直ぐにこちらを見ている。

銀色の瞳が、ランプの光を複雑に散らす。大きな瞳に走る鮮やかな虹彩。その瞳は、まるで銀河のように輝き、中心で引き絞られた瞳孔が暗黒星雲の色を作る。

そこでベティが、どこか悲しげに目を細めた。

「今日のことで、私もよく解りました。私の瞳を狙う人たちは、きっと本当に私を殺したいんだと思います」

「いや、あれはウチが嫌われてるのもあるんだけど……」

「それでも、こんな危険な仕事になると思ってなかったんです。だから、その――」

ベティが言いづらそうに顔を背ける。その心中を推し量り、カインが気安い笑みを浮かべる。

「一度引き受けた仕事を降りるつもりはないよ。ロイズの信用に傷がつくからね。ま、同じロイズの人間から狙われてもいるんだけど」

カインが自虐するように言うと、ベティも小さく笑みを漏らした。ようやく安心できたのか、彼女もまた自身で淹れたハーブティーに口をつける。

「それより、君は僕に長生きできないって言ったね。何か思うところでもあったかな？」

「それは――貴方が危険な人だから」

その言葉には何か含むものがあるように思えた。まさか自分の病状を知っている訳でもないだろう。カインはそう思うが、あの時のベティの言葉がどうにも胸に残る。

こほん、と、ここでベティがわざとらしく咳払いをする。

「あの、ですね。話は変わるのですが」

「なんだい？」

「ランディさんから聞いたんですが、貴方は日本人……だとか」

「その通り。この会社にいると意識しないけどね」

カインが手を振ってみせると、対するベティの方はどういう訳か興奮した面持ちで身を乗り出してくる。

「そ、それじゃですよ。もしかして『東京ナイトショー』って知ってますか？」

「え、何それ」

その返答に、ベティが弱ったような表情を作る。

「あれれ。ちょっとマイナーだったかな……。じゃあ『凶十郎細雪（きょうじゅうろうささめゆき）』は知ってますか？　あ、『データクローズ』でもいいです。『ドリームナイトＹＵＩ』とか」

「ごめん、何を言ってるか解らない」

「そんなぁ」

カインの返答に、ベティは明らかにショックを受けたらしい。体を引いて両手を上げ、口を情けなく動かしている。

「え、ええ？　じゃあ『らぶミン』とか……私はそんな好きじゃないですけど。あとは『恋おそ』なら、さすがに……」

「本当に解らないよ。何かのタイトル？」

「日本のアニメのタイトルですよ！」

ベティは何故か激高し、ソファから立ち上がってカインを見下ろした。

「し、信じられない。日本人なのに……」

「いや、ごめん。十歳頃からこっちで暮らしてたからさ」

「それでも不勉強です！　あの世界的名作たちを知らないなんて、非常識ですよ！」

一方的に言い切られてしまったが、知らないものは仕方ない。カインがなだめるように手を上げる。降参の意味も込めて。

「ごめんよ。でも大丈夫、僕でも知ってるものがあるよ。そう『サムライマン』とか」

「あれは日本人の名義で描かれたアメコミ原作です！」

ピシャリと言いのけて、ベティが不機嫌そうに頬を膨らませる。

これにはカインも対応しきれない。それよりも、あの礼儀正しい少女がこうまで興奮するとは、一体どういう了見なのか。

「あのさ、君ってアニメが好きなのかい？」

純粋な興味からカインが尋ねると、ベティの方は顔を真っ赤にさせてから、すとんとソファに腰を下ろした。

「別に。数多くあるエンターテイメント作品の一つとして嗜んでいるだけです」

ベティは顔を逸らし、落ち着かない風に自身のアッシュブロンドの髪をいじっている。

ふと、ここでカインに思い当たるものがあった。ランディが彼女の自宅から回収した生活必需品の中に、やけに大きな箱があったはずだ。聞けば、中は大量の本だという。

その時は単に勉強熱心な少女だと思っていたが、この反応を見る限りは、その中身は別のものだったのだろう。

「もしかして」

カインが口を開くと、ベティは何か期待するように顔を向けてくる。

「君ってオタクなのか？」

「違います！」

少女の情けない叫び声がオフィスに反響した。

第二章

"Aventurier"

アヴァンチュリエ

WORLD.INSURANCE

Presented by KATSUIE SHIBATA

Illustrated by SHION

1

翌朝、カインが起き出してウィスクム・アンド・ファイブスのオフィスへと出てくる。並んだ事務机には数名の社員が座っている。それぞれに朝の挨拶を交わし、カインもまた部屋の奥に据えられた自身のデスクに陣取った。

既に保険引受人たる社員は出払っていて、それぞれロイズへ出向いて仕事をしているようだ。残っているのは事務員ばかりで、カインが直接関わっていない保険契約について事務処理を続けている。

ウィスクム社の社員は総勢五十余名だ。カインのような保険引受人が十人に、ノン・アクティブ——つまり社員として登録だけして実務を伴わない、アリスのようなネームが六人、ランディのように保険調査員として働く者が八人、あとは全員がリジーと同様に事務作業をこなしている。

大きな会社ではないが、ロイズのシンジケートとしては十分に立派なオフィスだ。カナリーワーフのビルの二十五階にオフィスを構えることだってできる。人材も申し分ないはず。今ではカインが筆頭アンダーライターとして、実働部隊の隊長のような仕事をしているが、入社するまでは別の上司がその任にいた。

と、カインがその上司のことを思ったところで、た。

「おはよう、諸君！」
などと、オペラ歌手のように晴れ晴れと挨拶を放つ人物が一人、オフィスへと入ってき
た。

「やぁ、おはよう。カイン」
「おはよう、オリバー」
パーマをあてがい、四方に向かって伸びるピンクの長髪。中年男性にもかかわらず、バ
ッチリと引いた紫色の口紅。ビス付きの革ジャケットに合わせた金色のネクタイ、銀のラ
メが入ったベルボトムのズボン。細い腰に締めたベルトの数は日に日に増えていく。
グラムロックの信奉者。敬愛する歌手はデヴィッド・ボウイ。見た目だけでそれと解る、
この異装の人物こそがカインたちの上司にして、ウィスクム社の社長であるオリバー・ロ
ックリーだ。
ロイズの人間で、彼の名を知らない者はいない。一昔前の一大シンジケートの筆頭アン
ダーライターであり、今はそこから独立してウィスクム社を立ち上げた怪人物。
もちろん、カインにとっては尊敬すべき相手である。初対面の人間には奇抜な衣装と独
特な雰囲気で気安く見られるが、第一線で働いている頃のオリバーを知る者なら、口が裂
けても文句など言えない。
「非常に、面白い保険の契約をしたそうだね」

そこでオリバーが腰を捻り、無駄にポーズをつけてカインの顔を覗き込んでくる。対するカインは苦笑いを一つ。

「一億ドルの瞳。話を聞くだけでロマンが溢れる」

「昨日はそのせいで酷い目に遭いましたよ」

「知ってるサ。襲ってきたのはモーガン・バクスターのシンジケートだろう。アイツ、大嫌いだからついでにブッ潰しといて」

「了解。ブッ潰してやりますよ」

カインの返答に、オリバーがニッと笑みを浮かべる。紫色の唇が大きく吊り上がる。

「それで、例の少女。少し会ってきたけど面白いね。あれはきっと、金の卵を産むガチョウだよ。そうでもなきゃ、目ざといモーガンが手を出すはずがない。あの少女自身は、まだ卵の産み方を知らないみたいだけどサ」

そう言い残し、オリバーは優雅に手を振ってオフィスを立ち去っていく。今日もまたどこかでライブのリハーサルだろう。社長の趣味は社員にとって悩みの種だが、会社にいられると面倒事が起こるに違いないから、ここは素直に楽しんできて貰いたい。

カインは一息つき、自身の机でタブレット端末を操作し始める。前日の内に送られてきたメールをチェックし、現在請け負っている保険の状況を確かめておく。

それが終わればロイズに出社し、新たに持ち込まれる保険を処理していくことになる。

ベティの件は大事だが、彼女の保険だけ特別に扱う訳にはいかない。保険の一つ一つに、何人もの人間が関わり、その裏で無数の人生が交差している。

　メールチェックを終えたカインが立ち上がり、残って作業をする事務員たちに後を任せた。これからDLR（ドックランズ・ライト・レールウェイ）に乗り込んで、ロイズへと向かう。ラッシュ時は外してある。地下鉄（チューブ）ほどではないにしろ、混み合った電車に乗るのは好きではない。ちなみに満員電車で遅延した際の損害保険もウィスクム社では請け負っている。

　そうしてカインが社内の廊下を歩いていると、ふと仮眠室の近くに差し掛かった。昨日からこの部屋は、ベティとライラに使って貰っている。会社に寝泊まりするような熱心な社員はカイン以外にいなかったから、ようやく部屋の意味が生まれた訳だ。

　少しだけ迷った後、カインは仮眠室の扉をノックする。返ってくるのは「どうぞ」という少女の声。前夜と立場が逆転する。

「おはよう、昨日は眠れたかな」

　カインが仮眠室に入ると、備え付けのベッドにベティが座っていた。縞のブラウスにベージュのパンツと、今日も至ってラフな格好。外に出る用事はないだろうが、身支度は済ませているようだ。

「おはようございます、カイン」

　ふとカインが周囲を見回す。ベティの家から運び出した荷物が、たった三つの段ボールに詰まって置かれている。部屋の広さだって、彼女たちが暮らしていたワンルームよりはある。何より大きな窓から覗くカナリーワーフの風景が良い。高層階からの眺めは悪くないはずだ。

「ライラは？」

カインが尋ねると、ベティが部屋の反対を顎でしゃくる。そちらにも簡易ベッドが据えられ、パーティションで一応の区切りが設けられている。

「おはよう、ございます」

どうにも歯切れの悪い挨拶を残して登場したのは、黒のロングドレスに白いエプロン、ヴィクトリア朝のメイド服に身を包んだライラだった。

「おや、普段はそういう姿で仕事していたのか？」

「いえ……、これは」

ライラが非難がましく、パーティションの奥に視線をやる。

「あぁん、とっても可愛いですワぁ！」

と、ここで非常に頭が痛くなる声が響いてきた。パーティションの向こうから、大きく縦に巻いた金髪が覗く。

「アリスか」

「あらァ？」

アリスが顔を覗かせた。大量のフリルで飾られた象牙色のニットドレスから、スラリと長い足が角度をつけて伸ばされた。

「カインじゃありませんの。どうですか？　私の趣味です！」

アリスが自慢するように、困り顔のライラに向けて両手を広げてみせる。

「そんな訳で、着せられてしまって……」

「だってぇ、メイドさんなら相応の服を着るべきですワ。可愛い職業に可愛い衣装。個人的にはぁ、フレンチメイドやジャパニーズメイドも好きなのですが。なんでしたら、カインのお好みを反映してもよくってよ」

自分の世界に浸り始めたアリスに、カインは苦い顔を向ける。革靴の音を鳴らして近づき、何気ない調子でアリスの首根っこを摑んで引き寄せる。

「なんで来てる」

「可愛いものを布教するためですワぁ」

「犯罪だからな」

「ンフフ、着替えは手伝っておりません。ライラさんの柔肌（やわはだ）を見たりはしてないのでご安心あれ〜」

頬に手を当て、笑顔のまま弁解するアリス。これはどうにもならないと、カインは溜め息を一つ。二人のやり取りを心配したライラが、慌てたように手で虚空を搔いている。

「あ、あの。こういう服は、普段は着ないのですが、屋敷の方でパーティがある時に着ることもあるかもしれない、ので」

「気遣いとフォローをありがとう」

カインが苦笑いを残して手を緩めると、アリスはペルシャ猫のように身を捻ってそそくさと逃げ出した。

「アリス、一応聞くが、君の家の使用人は——」

「もちろん！　私がデザインしたメイド服が制服でしてよ」

「これだから道楽資産家は」

さらに溜め息を吐くと、ベッドに腰掛けているベティがクスクスと笑い声を漏らした。

「あまり怒らないであげてください。アリスさん、朝から私たちのところに来て、色々と話をしてくれたんですよ。暇だろうから、って遊び道具も持ってきてくれて」

見れば、ベティの横に雑誌とペンが置かれている。必要だから持ち込まれたものかと思っていたが、開かれている誌面にはクロスワードパズルが描かれている。

「ああ、アリスはクロスワードが趣味だったな」

英国でのクロスワードパズルの人気は伝統的だ。今でも駅やバス停で専門のパズル雑誌が売り出され、大勢の人々が暇つぶし以上の熱意でもって楽しんでいる。クロスワードパズルに多額の懸賞金が掛けられているのも、ギャンブルが公認されている英国ならでは。

もっとも、莫大な資産を抱えるアリスにとっては無意味なものだが。

「私の家にある解いてないクロスワードパズルを持ってきたのです。他にも暇つぶしになるモノがいくつか」

青い瞳を輝かせてアリスが笑う。

どうやらアリスは昨日の一件を知ってか、ベティを心配して来ていたらしい。カインでは手の回らない、精神的なケアを担ってくれていた。これには申し訳なく思いつつも、その気配りに感謝するしかない。

「でも趣味のおしつけはナシだぞ。大方、ベティに着せようとドレスでも持ってきてるんだろう」

「ああ、バレてしまいました！」

心底残念そうにアリスが顔を伏せる。背後でベティが複雑な笑みを浮かべていた。

「それはそれとして、私、カインに話したいこともありましてよ。後でロイズの方で話そうと思っていましたけれど」

アリスはそう言って、そろそろと仮眠室を移動し、外の廊下へと出ようとする。どうやら、ベティたちには聞かせたくない内容らしい。これにはカインも「仕事の話をしてくるよ」と断りを入れ、この場を後にする。

「それで、話っていうのは」

廊下の端、窓際の観葉植物に触れつつ、アリスが悩ましげに眉をひそめる。

「彼女のご実家、スピラ家のことですワ」

「ああ。そうか、君ならスピラ家も知っていただろう」

カインの問いかけにアリスが頷く。

「ええ。これでも私、社交界では有名な道楽貴族ですので」

「嫌味はなしだ」

はァい、と猫なで声が返ってくる。

「で、スピラ家の話なのですが、保険を引き受けた後に私の方で少し調べましたの」

アリスが真剣な調子になり、真っ直ぐにカインを見つめた。

「スピラ一族の総帥一家は絶賛没落中で、現在はベティのお父上が築いた新興企業の経営権を奪って何とかやってるみたいです。でも、その始まりからして大分、その、なんというか胡散臭いのです」

「どういうことだ？」

「ベティのお父上、ネイサン・スピラはスピラ家の人間でしたが庶流で、言ってしまえば普通の会社員でした。それが十年ほど前から、一族のツテを頼って社交界に出入りして、そこで名士の仲間入りをしたようなのです」

「典型的な成り上がり、か」

「それだけならいいのですが、どうにもネイサン・スピラという人物は占いとか、予言じみた言動で社交界の人たちに名前を売っていたようなのです。ユダヤ教のカバリスト、神秘家と名乗って次々と著名人に取り入って、事業を始める際に融資を持ちかけたとか」

「なるほど、まるでカリオストロ伯爵だな」

低い身分から成り上がり、きらびやかな社交界を縦横無尽に駆け、ハッタリと話術で巨万の富を引き出す山師(アヴァンチュリエ)じみた男。ベティの父親は、そういった人間だったのだろう。

「これは、ベティには話せないな」

「そうですネ。私も、こういうのは可愛くないので好きではありませんワ。今回の一件も、そういったお父上の出自ありきでしょうが、でも、それとベティちゃんは無関係ですもの。私は彼女を守りたいと思いますし、カインの判断に従いますワ」

「情報に感謝するよ。君が我が社にいてくれて良かった」

その素直な賞賛にアリスが「まァ！」と声を上げ、空のように青い瞳を輝かせる。そのまま抱きつこうとするアリスを押し止め、カインが口を開く。

「何にせよ、彼女を守り通すだけじゃ事態は解決しない。こちらからも働きかけが必要だろう」

「その時は、私も協力いたしますワ」

そう言ってアリスは優雅に微笑み、踵を返して手を振ってくる。どうやら再びベティたちの許へ行くつもりのようだ。

ふぅ、と一息。

カインもまた、ロイズに出社するために一歩を踏み出す。窓の外は昨日とは打って変わって晴天。

今日の始まりを意識し、カインは下層へ向かうエレベーターに乗り込んだ。

2

カインがコーヒーを片手にウィスクム社のボックスに入ると、美味しそうにサンドイッチを頬張るリジーの姿があった。

しかし、その表情を見られたのも一瞬。無慈悲な上司の姿を見るなり、リジーは至って不満そうな顔を浮かべてくる。昨日の無茶な仕事を許してくれていないらしい。

「おはよーございまぁす」

「おはよう、リジー。一心不乱にサンドイッチを貪る姿が、公園に出没するリスみたいで可愛いよ」

「イラっとしました。言っときますけど、アレ、害獣ですからね」

「そうなんだ。日本人だから知らなかった」

「知ってて言ったな！」

ギャアギャアと喚くリジーを放置し、カインは昨日と同様に席について、机の上に積まれた新聞紙を手に取った。

「なるほど」

「どうかしました？」

「昨日の一件、どこの新聞も報じてない。ネットニュースも同じだった」

「ええ？　嘘でしょ、あれだけド派手にカーチェイスしてたのに」

「唯一、運送会社の物流の管理サーバーが一時的に不調になったことが書かれてるな。公園でのトラックの爆発も、高速道をトラックが封鎖していたのも、この不手際ということで決着させるらしい」

カインが憎々しげに新聞紙を机に投げ置いた。

「相手方は随分と手が込んでる。メディアまで巻き込んで情報を揉み消すつもりらしい。現場に居合わせた一般人もいるだろうが、大一番は目撃者のいない高速道での出来事だったからな」

「想像以上にヤバい案件だったりします？　私、転職考えても良いっすか？」

「残念でした。当シンジケートは優良企業なので、新人社員は独立する能力が備わるまで、しっかりと指導するから」

「クッソお！　雇用条件に騙された！」

悲痛な表情で書類仕事をこなしていくリジーに手を振り、カインもまた自分の管轄として積まれた書類に目を通していく。いずれも一週間以内に持ち込まれた保険契約のものだ。競走馬の怪我についての保険、インドネシアの会社の労働争議に対する保険、アルゼンチン大使館の家具に掛けられた保険、あるいは幼い子供がサンタクロースの実在を疑った時の保険などなど。

カインは自身が引き受けた保険の内容を確かめていく。これだけの保険があっても、全体の数パーセントに満たないし、他のアンダーライターが引き受けた分も含めれば、ウィスクム社が請け負った保険の数はあまりに膨大。加えて言えば、ロイズのシンジケートの数だけ、これと同量以上の保険契約が存在している。

古くは海上保険から出発し、生命保険、事故や災害保険と発展した。世界企業が増えれば事業ごとに対する保険が生まれ、どこかで紛争が起これば新たな保険が作られる。そして二十一世紀ともなれば、これまでは考えられなかったような保険契約も生まれる。例えば、コメディアンが観客を笑い死にさせた場合の保険など。もちろん、これはパフォーマンス込みだが。

今となっては、保険業が担うものはありとあらゆる人間の営為だ。人が生きていく中で、あらゆる不慮の事態が起こりうる。それら全てに保険があり、顔も知らない無数の他者が少しずつ補償を行い、誰かの不運を帳消しにしてくれる。

それこそが保険のシステム。

それは一種の社会保障であり、慈善行為であり、そしてより多くの富を求める営利事業だ。

では、彼女の場合は？

カインは一枚の契約書類（スリップ）に目を落とした。そこに書かれた無機質な署名が、今朝方に見た少女の笑顔と重なった。

「なぁ、リジー。唐突だが、一億ドルっていう高額保険をどう思う」

「唐突ですね。私個人は拗いてませんけど、ロイズに出入りしてれば、それくらいの保険があるのは知ってますよ」

「そうだな。しかし、一億ドルもの保険が掛けられている対象といえば、石油を満載した巨大タンカーや原子力発電所の損害、大企業の新規事業への投資とか。個人なら世界的サッカー選手の損害保険くらいだ。言ってしまえば、それだけで一国家が口出しするような内容ばかりだよ」

「先輩が気にしてるのって、あの子のことですよね。それなら、それだけの価値があるって意味じゃないですか？」

リジーがこともなげに言う。そばかすの乗った桃色の頬を緩ませ、人好きのする笑みを浮かべている。

「それは、そうなんだが」

どうにも腑に落ちないものがある。一億ドルの保険は、ベティの父であるネイサンが掛けたものだ。その金額は、つまり彼の事業に対する評価そのものであると言える。損失なき事業、発展し続ける企業。それを裏打ちするのが、ベティの瞳に掛けられた保険だ。

しかし今、彼女の瞳が狙われている。

それが示すものはなんだ。ネイサン・スピラは事故によって亡くなり、それと共に庇護者を失ったベティが狙われるようになった。それとも、先にベティの瞳を狙う者がいて、その障害を排除するためにネイサンは暗殺されたのか。

カインが甘いコーヒーを口に含み、一度思考をリセットする。

「リジー、昨日の続きだが、ベティの重複保険について解ることはあったかい」

「聞かれると思って調べておきましたよ」

有能な新人は、机の下からさらに数枚の書類を取り出してくる。

「ベティ・スピラの瞳に対する保険。これ二十六のシンジケートが保険を掛けてますけど、その内の二十社は再保険みたいです」

「つまり、別の保険会社の損害を埋め合わすための保険か」

「そうッスね。詳細まで確認せずに、単に最初に保険を掛けたシンジケートへの義理立てとかで引き受けたんだと思います」

「最初に引き受けたシンジケートは？」

カインが尋ねると、ベティが手元の書類をめくり、何度もそこに書かれた文字を確かめていた。

「ええと、スタンリー・アンド・リック社にブルーコースト社、ヒースハンディ社、ジェフリー・ノンマリン社、メイネル社、それからパーマー・アンド・ゴールド社の六つです」

「ん、ちょっと待って。ダフトンは入ってないのか？」

カインに言われ、リジーが手元の書類を寄越してくる。カインの方でも何度か書類に目を通したが、やはりその文字は無いようだ。

「なるほど。少し見えてきた。ベティの瞳が失われても、ダフトンとしては痛くも痒くもない。負債を抱えるのは他のシンジケートで、さらに言えば、そこでライバルたちが脱落してくれれば、ダフトンにとってもチャンスになる」

「でも、それで良いんですかね？　同じロイズの仲間じゃないですか」

「ロイズに仲間という概念はないよ。確かに僕らはロイズだけど、ロイズは保険市場そのものだ。こうして同じビルで仕事をするシンジケートであれ、互いに競合相手だ」

しかし、とカインは僅かに眉をひそめる。

個別のシンジケートで競い合うことは多くある。だが、それが結果として、ロイズ全体のスキャンダルになるような事態は避けなくてはいけない。ロイズ自体が信用を失えば、それこそ他国の保険市場に付け入る隙を与えてしまう。

「まだ何か裏があるのかもな」

そうしてカインが書類を眺めていると、ふと見覚えのある並びに気づいた。ベティの瞳に保険を掛けた最初の六社。その内の二つに覚えがある。

何かを思いつき、カインは机に据えられたノートPCでそれらの会社を調べる。そこに現れたニュース記事を見て、カインは思案するように顎に手をやった。

「どうかしました？」

「いや、名前に覚えがあった。確か二年前、メイネル社のアンダーライターが事故死したはずだ。もう一件、ヒースハンディのアンダーライターも五年前に、バカンス中に海で溺れて死んだという事件があったんだ」

「それって偶然ですか？」

「いいや。恐らく違うね」

カインは簡単にではあるが、他の四社についても最近の動向を確かめた。いずれも数年前から数人のアンダーライターが退職、あるいは在職中に病死している。

「一億ドルの保険を請け負った六社とも、当時の筆頭アンダーライターがいなくなっている。退職した人間も、普通なら何らかの形で保険業界に関わる例が多いが、どれも足取りが摑めない」

「それって、どういう意味なんです？」

「つまりだ、ベティの保険を引き受けた張本人が誰も彼もいなくなっているんだ。彼女の瞳に一億ドルの価値があると証明した人物たちが、既にどこにもいない」

「え、何すかソレ。怖っ」

大げさに震えるリジーを差し置いて、カインは額に手を当てて思考する。

ベティの瞳。それには一億ドルの価値がある。その金額が示すところは、時として国が動くほどの存在だということ。それは単に、彼女の父親が見せ金として用意した保険ではないはずだ。

彼女の瞳そのもの、あるいはそれが暗示する何かには絶対的な価値がある。その価値を知っていたアンダーライターたちは、それぞれが一億ドルという巨額保険にサインした。

しかし、その秘密を知る者たちは既にいない。ロイズにも、あるいはこの世にも。

「この一件、どうにも簡単に済むものじゃないらしい」

今まさに、ロイズに何か不穏な影が見え隠れしている。カインが飛び込んだのは悲劇の少女を守る物語ではない。互いに利益を食い合う化物同士が、見えないところで新たなカロリーを求めて動いている。これは恐らく、舞台の下に潜む怪物を引きずり出す、馬鹿げた風刺劇の一幕だ。

カインが顔を上げたところで、物理的な影がボックスに映り込んだ。そちらに視線をやれば、入り口にモーニングコート姿の紳士が立っている。トップハットの下にドジョウ髭の笑顔。

「おや、おはようございます。ミスター劃」

「おはよう、カイン」

カインが立ち上がり、劃と軽く握手を交わす。互いに東洋人だが、ここでの生活が長くなるほどにお辞儀の習慣もなくなった。

「何か新しい契約ですか？」

「いいや。たまたま通りかかったら、少し興味深いことを話していたものでね」

そう言って、劃は机の上に広がる書類に目をやった。

「例の保険について頭を悩ませているのだろう」

「ええ。あちらのリジーなんかは、仕事しっぱなしで夜も眠れないらしい。恐らくは今晩も仕事詰めでしょう」

「あ、予言しやがった！」

リジーの抗議を無視しつつ、カインが劃の表情を窺う。老練な中国人の笑顔は、たとえ同じ東洋人であれ本心を見抜けるものではない。

探り合いをしても仕方ない。カインがそう諦め、降参の意味を込めて肩を竦めた。

「率直に言いますよ、ミスター劃。貴方は何か特別な理由があって、あの少女の保険を我が社に紹介したのですか」

「それはノーだよ。ペルー沖で自分を救ってくれた保険調査員を紹介して欲しいと、エリザベス嬢の方から数人のブローカーに依頼があったんだ。だからウィスクムと付き合いのある私が出てきたまでだ」

　しかし、とここで劃が胡乱（うろん）な表情を作った。

「込み入った事情なのは理解していたよ。まぁ、説明しなくても君なら引き受けてくれると思って特に言わなかったが」

「実に酷い。望むべきものですがね」

　カインの言葉に劃が笑った。そして、ボックスの内に入り込むと、机の上にある書類を手に取った。

「エリザベス嬢の保険を引き受けた最初の六社。そのアンダーライターはいずれも行方知れず。彼女の保険に隠された秘密を知る者はなく、情報で後手に回った君らは、このままでは良いように狩られるだけだ」

「何が言いたいんですか、ミスター」

「私はどこのシンジケートの味方でもないが、ロイズのモットーだけは忠実に履行したいのだ」

　そう言って劃は万年筆を取り出すと、書類の下部に達筆な文字を書いていく。そこに記されていたのは、とある土地の住所だった。

「これは私の知り合いのブローカーの住所だ。今は隠居してグラスゴーで暮らしている」

「その人物というのは」

「名前はノーマン・レイノルズ。最初の六社全てに出入りしているブローカーだよ。彼が真実を知っているのかは、私にも解らない。しかし、彼が引退したのは例の保険を仲介した直後だ」

カインが神妙な調子で書類を受け取った。丁寧に劃の名前までサインされていた。これを紹介状として持っていけ。そういったことを暗に示している。

「貴方も食えない人だな、ミスター」

劃が笑う。彼もまた、ロイズに巣食う怪物の一人だ。

3

カインは早速、劃から紹介を受けたノーマン・レイノルズなるブローカーに連絡を取った。

真の目的は告げず、彼の関わった別の保険について目を通して貰いたいものがあると話をつけた。会うにしても明日以降になるかと思っていたが、彼の方からいつでも良いと返信があり、カインはその日の内にロンドンを発つことにした。

善かれ悪しかれ、早いに越したことはない。格言にも曰く、悪事は千里を走り、善は急げだ。

ヒースロー空港から国内線でグラスゴーへ。僅か一時間半のフライトの後、空港からタクシーで市内に入る。昼過ぎにはカインはスコットランド最大の都市へと降り立った。

ほんの少し緯度が変わっただけだが、この都市の空気はロンドンとは大きく異なる。気候も風土も違う。貿易と文化の街。奇抜なデザインのビルの合間には色褪せた石造りの尖塔、青灰色の空には千切れた雲。むしろ、この歴史的な景観と寒々しい風景こそが、連合王国の古き良き時代を保っているのかもしれない。

カインは中央駅前からホープストリートを北へ。待ち合わせ場所は市内の小さなパブだ。ノーマン・レイノルズが普段から行きつけにしている店らしい。

通りを歩いて目的の店を見つけると、カインは小さな扉をくぐる。緑色の外壁に絡まったツタ植物。パブの名前はホジスン・シップヤード。華やかなりし造船時代に建てられた歴史あるパブなのだろう。

パブに入ると大勢の観光客がランチを楽しんでいた。今では、これほどに小さな店であれ、観光情報誌に掲載されて人々の目に留まる。他人からすれば、自分もまた観光客の一人だ。

カインが店内を見渡すと、カウンター席に観光客と雰囲気を違えた老人が一人座っていた。鳥打帽にモスグリーンのジャンパー姿からは、ロイズの元ブローカーという経歴を感じさせない。老人は古めかしいバックバーを見つめ、並べられた大量の酒瓶を愛おしそうに眺めている。

「貴方がノーマンさん？　ロイズのカイン・〝ファニー〟・ヴァレンタインです」

カインが老人の横に座り、右手を差し出した。

老人は驚いた素振りをみせ、何度もカインの方を見返した。萎れたオレンジのような丸顔は、既に何杯目かのウィスキーを呷っていたのだろう、煙を吹き出すかと思うほどに赤くなっている。

「そうだが。驚いたな、名前と想像してた姿がまるで違う」

「本名じゃありませんが、ロイズだとこの名前で通していますよ」

カインが微笑むと、老人も顔を綻ばせて手を取ってきた。

「ノーマン・レイノルズだ。君は日本人かい？」

「そうです。よくお解りですね。中国人かと聞かれる方が多いものでして」

「日本は好きだ。良いウィスキーを造る。君はジャパニーズウィスキーは飲むか？　ここにもあるぞ」

「あまり酒は飲みませんが、オススメがあるのでしたら」

そう言うと、ノーマン老人は気を良くしたのか、カインに一杯奢るようにカウンターの中へ声をかけた。カインはチェイサーに缶ビールも注文してから、出されたウィスキーのグラスを掲げ、スコッチが注がれていた老人のグラスと重ねて挨拶を終える。

「私は、スコッチが好きでこっちに移住したんだ。ロンドンでの生活は疲れたよ」

自然と始まる老人のひとり語りにカインは耳を傾ける。本題をどう切り出すか迷っていたが、一息ついたところでノーマンの方から鋭い視線を向けられた。

「仕事もせず昼間から酒を飲める、私も良い身分になった。年金暮らしでもないし、ロイズから退職金を貰った訳でもない」

「それは、どうしてです？」

「私は、ある人間から大量の金を貰ったんだ」

ノーマンは懺悔するように、その言葉を吐き出した。

「昔、ある保険を仲介したことがあった。その成功報酬として貰ったものだ。ブローカーとして働くのが馬鹿らしくなるくらいの金額だったよ」

「ノーマンさん、僕が貴方に会いに来たのは――」

「知っているよ。私が関わった保険について質問があるのは確かだろうが、それはトランプにジョーカーが入ってないことに対する保険だとか、海藻が絡まって船が止まることに対する保険なんかの話じゃない」

ノーマンは苦しげな表情を浮かべた後、グラスに残った酒を一気に呷った。

「君は、一億ドルの瞳について聞きたいんだろう」

やがて、老人はその言葉を絞り出した。

カインが頷く。対する老人はグラスを両手で握り、アルコール臭い熱い息を漏らしている。何度も口を開きかけ、その都度、何かを迷っているのか顔を伏せた。

「あれは私の汚点だ。過ちだよ」

「どういう意味ですか？」

「そのままだ。あの保険を仲介したことが間違いだった。あれのせいで私はロイズを去り、こうして悠々自適な隠居生活を楽しんでいる。何者かに殺されるかもしれない。そんな不安を抱えながらね」

ノーマンは複数のアンダーライターが姿を消した件を知っている。そして、その死に何者かの悪意があると思っているのだ。酒の入ったノーマンは、悲しげな顔をカインへ向けた。

「あれは十年前のことだ。ちょうどブローカーとして進退に悩んでいる時期で、半ばヤケになって無茶苦茶な保険を引き受けたんだ」

「依頼人は？」

「ネイサン・スピラだ。君も知っているはずだよ。あの男は自分の娘の瞳に保険を掛けたいと持ちかけてきた。その時は、自分の娘が可愛くて仕方ない、ただの親馬鹿だと思ったものさ」

「それが違った」

「そうだ。ネイサンは私が紹介した六人のアンダーライターと秘密裏に会うようになり、保険の詳細について協議していたんだ。そして、気づけば一億ドルもの高額保険が成立してしまった」

ノーマンは唾を飛ばしてカインに語りかけてくる。

「信じられるか？　一億ドルだぞ。たかが少女の瞳に一億ドル。アンダーライターたちは、その価値があると確信して契約書類に署名したんだよ」

「保険の詳細について、ノーマンさんはご存知ないのですか？」

「私は仲介しただけのブローカーだ。詳しくは知らない。そして、知らないからこそ、今日まで生きてこられた」

それは老人の確かな不安だ。ベティの瞳に掛けられた保険をめぐり、既に二人の――ともすればそれ以上の――人間が不審死を遂げている。あの保険には、それだけの意味がある。人の命以上の価値があるのだ。

「あの少女はロイズにとって毒になる。私にはそう思えるんだ。歴史を通して、ロイズは多くのスキャンダルに晒されたが、その危機がまた訪れようとしている」

カインがグラスに口をつける。琥珀色の液体が唇に触れる。その煙たい風味が、この老人が抱えているものの重さのように思えてくる。口直しにはチェイサーの缶ビール。

「今、その一億ドルの保険金が狙われているんです。僕はそれを守る立場だ。ロイズに被害を出さないように。それ以上に、一人の少女を危険な目に遭わせたくない」

カインの言葉にほだされたのか、老人が表情をいくらか和らげた。

「とても良い信念だ。ロイズの人間はそうでなくては」

「ノーマンさん、貴方は何か心当たりはないんですか。一億ドルもの保険金が掛けられた理由でもいいし、それが狙われる理由でもいい」

「前者は解らないが、後者なら少しは解る」

ノーマンは赤ら顔のまま、カウンターを苛立たしげに指で叩いている。観光客の話し声が溢れる中、その音だけが小気味良く響いた。

「一年前、契約者であるネイサン・スピラが死んだ。その後だ。あの保険が取り沙汰されるようになったのは。ネイサンがひた隠しにしていた保険の秘密が、何人かの人間に漏れたのかもしれない」

「つまり、保険の秘密を知る者が敵だと?」

「そうだな。そして、その筆頭はモーガン・バクスターだ。ロイズの鼻つまみ者。あの黒犬モーガンだ」

今再び、その名前が挙がる。未だ相見えぬ敵の姿がある。

「君と同じように、アイツは私に会いに来た。一億ドルの瞳の秘密を嗅ぎつけて、私に交渉を持ちかけてきたんだ」

「その時はモーガンが一人で来たんですか？」

「ああ、いや……。違うな、もう一人男がいた。五十がらみで、スピラ家の人間だと名乗っていた」

そこで老人が真剣な表情を作った。

「そうだな。その男が言っていた。あの少女はロイズにとって災厄（さいやく）になる。サリエルの瞳を持つ少女だ、と――」

何気なくノーマンがそう口走ったのを、カインは聞き逃さなかった。思わず、その言葉の意味を尋ねようと体を捻っていた。

カインを見る老人の視線が泳いでいた。逃げるように身をかわす。それを見たカインは、突如として脱力したように伸ばしかけた手を下ろした。

「貴方は」

その言葉を最後に、カインは顔をしかめてカウンターに突っ伏した。

「ヴァレンタイン君」

老人が気遣うようにカインの肩を揺さぶった。その応答がないのを確かめると、カウンターの向こうに「飲み過ぎたようだ」と声をかけた。

老人の声に従い、カウンターの奥から二人の男が現れ、あっという間にカインの肩に手を回し、二人がかりで店の外に連れ出す。予定されていたように、通りには一台のセダンが停車している。

男の一人がドアを開き、動かなくなったカインを後部座席に放り込む。もう一人が運転席に乗り込んだところで、ノーマン老人が苦しそうな顔を浮かべて背後を振り返る。

そこで老人は、自身の腰に突きつけられた拳銃を見た。赤ら顔が瞬く間に青ざめ、目を瞑って短く呻いた。

「なんでだ、これで見逃してくれるんだろう？」

拳銃を構えた男は有無を言わさず、老人を後部座席へ追い立てる。人通りの絶えた午後の街角。カインとノーマンを乗せた車が走り始める。

「どうして、どうしてこうなった」

車はグラスゴーの市内を駆ける。後部座席でノーマンが頭を抱え、何度も呻いていた。その横でカインは目を瞑ったまま、体を座席に預けている。

老人は恐れている。自らの行く末を想像し、座席の上で身を縮ませて震えていた。既に車は市内を抜けた。このまま北上し、農園地帯まで出れば、もはや人目につくこともなくなる。助けを求める暇もなく、想像通りの結末を迎えるだろう。車の窓からは広大な墓地が見えた。まばらに建てられた墓石が、新たな入居者を待っている。

平穏に生きてきたはずだった。それが、どうしてこのような目に遭うのか。ノーマンはただ顔を手で覆い、自問を繰り返しているようだった。

そこで一つ、不敵な笑い声が聞こえた。

「ロイズの先輩は、いくらか勘が鈍ったようで」

その言葉の直後、後部座席から運転席めがけて強烈な蹴りが放たれていた。

運転手は防御することも敵わず、頭をサイドウィンドウに強かにぶつけ、それだけで気を失った。ハンドルが不用意に切られ、セダンが無人の公道で大きく車体を振る。助手席の男は焦った表情を浮かべ、操縦者を失ったハンドルに手を伸ばす。

「まるで素人だな！」

後部座席から声。助手席の男が振り返った時にはもう遅い。伸ばされた腕は男の首元を絡め取り、容赦なく頸動脈を圧迫して瞬時に絞め落とした。

セダンがスピードを出したまま、公道脇の石塀を擦り上げる。後部座席から伸びた手は、そのままサイドブレーキを引き、同時に気絶した運転手の足を引き上げてアクセルから離す。

「ま、こんなところか」

「君は」

老人が驚愕の表情を浮かべる。後部座席で眠っていたはずのカインが、いとも容易くその場を制圧していた。

「ノーマンさん、貴方もモーガンの奴らに脅されてたんでしょう。それで、案の定やってきた僕に薬入りの酒を飲ませてくれた」

ノーマンが何度も頷いていた。ようやく車のスピードも落ちてくる。カインが身を乗り出して、助手席のロックを解いて、まず男を一人、そのまま公道に投げ落とす。

「ご馳走になって恐縮ですが、出された酒は一滴も飲んでないんですよ。チェイサーの缶ビールの方に吐き出していたもので」

「なんとも、疑い深いことだな」

「最近のロイズは〝最高の誠意〟の使い方が下手なものでして」

カインは喋りながら、助手席に身を移し、さらに運転席の男を外に放り出す。そうして新たにハンドルを握ると、再び車に役目を与えた。向かう先はグラスゴー国際空港だ。

「ところでノーマンさん、サリエルの瞳ってなんです？」

後部座席に収まったままのノーマンが、その質問に表情を暗くした。

「解らない。モーガンと一緒にいた男がそう言っていたのを聞いただけだ。保険対象の少女を憎く思っているようだったが」

ふむん、とカインが溜め息混じりに納得の声。

「ですが、これで敵がはっきりしましたよ。少女の瞳の秘密を知る者。まずはモーガン・

バクスター。そして彼と結んだスピラ家の人間だ」

スピラ家の内部にベティを狙う者がいる。常識的に考えれば、最も怪しいのは保険金の受取人たる叔父のヴィクター・スピラだ。彼らは権力と財力を惜しみなく使い、カインたちを追い立てるだろう。

しかし、本当にそれだけか？

一億ドルという金額は魅力的だ。だが、既に財を成したスピラ家の人間が、自ら醜聞となるような事件を起こしてまで求めるものだろうか。この保険には、まだ何か秘密がある。

カインが小さく笑い、アクセルを強く踏み込んだ。セダンが田園風景の中を走り抜けていく。

「それにしても、僕を襲うにしては随分とお粗末な手際でしたね」

「それは君が、いち早く私に会いに来たからだよ。あと一日遅れていれば、モーガンの仲間は、もっと用意周到に君を待ち構えていたはずだ」

なるほど、とカインが口を開く。灰色の空に雲が流れていく。

「やっぱり、善は急げだ」

ロンドンからグラスゴーまで約五五〇キロメートル。中国の単位なら千と百里。悪事が走りきるには些か遠かったようだ。

4

キャプテンズ・ルームの一角で、カインが料理に舌鼓(したつづみ)を打った。

ロイズが王立取引所にあった時代、船長が情報交換の場として使っていた部屋の名前が、現在も伝統ある会員用レストランの名前として使われている。

広い会場では、あちこちで人々が行き交い、パーティを楽しんでいるようだった。着飾った紳士淑女はいずれもロイズで働く名士、あるいは保険会員、そして名だたるネームたち。

「それで、結局どうなったんすか?」

カインの隣で、ワインレッドのドレスに身を包んだリジーが皿を片手に料理を頬張っている。

「ノーマン氏は、ランディに頼んで安全な場所に送り届けて貰った。事態が落ち着くまではそこに居て貰うよ」

「ははぁ、それで先輩は帰ってくるなりパーティですか」

「単純な動機だよ。今日はロイズの慰労会だ。目的の人物も来ているかもしれない」

「それって——」

と、リジーが名前を口にしそうになるのをカインが押し止める。唇に指をやって秘密の合図。

「まぁ、まだ登場していないようだから、せいぜい美味しい料理を楽しもう」

「それは同感っすね。私もパーティに招待して貰えて光栄です。これが最近の酷使っぷりのボーナスかと思うと物足りないですけど」

「ははぁ、何ならその貸しドレスも買い取ってあげていいよ」

「どうしたんです？　やけに太っ腹じゃないですか」

まぁね、と一言。リジーが神妙な様子でカインを見つめながら、パクパクと料理を食べていく。皿が空になれば、会場のテーブルを行き来して、用意された料理を一通り皿に盛り付けて帰ってくる。どうやらパーティを十二分に楽しんでいるらしい。

「あと、なんか先輩、さっきから私が食べたヤツ真似して食べてません？」

「当然さ。君が食べて大丈夫なら、僕も大丈夫。もう薬を盛られるのは勘弁だよ。毒見役は任せた」

「テメェ！」

怒りながらも料理を詰め込んでいくリジーを一瞥してから、カインは会場に集まった人々を見回した。

普段はルームのボックスに陣取る人間たち。篤実(とくじつ)な人間もいれば、狡猾(こうかつ)な人間もいる。幾重にも絡まった欲望が人の姿になり、それぞれシンジケートという仮面をつけて踊っている。

「彼らが何を考えているのか、僕はその全てを理解できない」

「何すか、急に」

「例の保険について考えていた。最初は単に、高額保険を狙った保険詐欺かと思っていたが、どうやらそれ以上に根が深いらしい」

頬に食べ物を詰め込んだリジーが、ちらりとカインの方を見てくる。冗談を飛ばさない上司の姿が、彼女には珍しく映っているようだった。

「一億ドルという金は確かに魅力的だ。しかし、それを支払うのはロイズの人間で、結果としてロイズの信用に大きな傷をつける。いくらモーガンとはいえ、自分の家に火をつけてまで手にしたいものだろうか」

「火災保険ってそんなモンじゃないすか」

何気なく言ったリジーの言葉に、カインが感心するように口笛を鳴らした。

「冴えてるな、リジー。そうか、火災保険に見立てれば解りやすいな。モーガンはロイズという家を焼いて、その保険金で家具を新調したいんだ」

カインは額に手を当てて思考する。

今はまさに、同じロイズの中で保険金を奪い合っている状況だ。もしも少女の瞳が失われ、高額の保険金が支払われれば、ロイズの中核にいるシンジケートは失脚するだろう。その時にモーガンが主導権を握って組織を再編するとしたら？　いや、それはロイズだけの問題ではない。ロイズという城が崩壊した後、それを再建するには別の保険が必要だ。それは再保険だ。保険会社のための保険。巨大な損失を埋め合わせようとした時、ロイズだけでは立ち行かなく時がある。そして、それは会社に対する保険ではない。ロイズという市場、システム全体に対する巨大な保険だ。

その時、会場に一際大きな拍手が溢れた。人々が一方向を向いて、新たに現れた人物に敬意を示しているようだった。

「そうか、あれが答えか」

カインは新たに登場した人物を見て、それまでの思考が間違っていなかったことを確信した。

「モーガン・バクスターのお出ましだ」

カインがざわつく会場の端で、中心に向かって歩む一人のスターを睨んでいる。

黒いタキシードに白いタイ。四十代だというが、十分に鍛えられた剛健(ごうけん)な体つき。撫でつけた白髪、右頬には大きな黒痣。どこかブルテリアを思わせるモーガンの顔つき。その表情は自信に満ち溢れ、頬を覆った白い顎髭をさすっている。

「随分と人気者ですね。嫌われてたんじゃないんですか？」

「もちろん、全員嫌っているよ。だが、今のロイズで彼ほどに利益を生み出す存在もいない。上手く取り入ろうとする人間は山ほどいる」

会場に到着したモーガンを取り囲んで、多くの人間が笑顔を向けている。見れば、ロイズの長老衆たる評議会(カウンシル)の人間も、ここぞとばかりにモーガンに近寄っていく。それだけではない。アメリカ最大の保険会社の代理人たるブローカーに、中国最大の生命保険会社の社員、そしてヨーロッパの保険会社の関係者が集まっている。

「モーガンに近づいた人物、その多くがロイズの再編に少なからず賛成している人間だろう」

「そんなに自分の職場を潰したいものなんですかねえ」

「君は我が社をどう思う？」

「明日にでも潰れろって思います」

暴言を吐くリジーの口に、カインがフォークで取った料理を詰め込んだ。怒られたとも思っていないらしく、彼女は美味しそうに白身魚を咀嚼(そしゃく)していく。

「彼らは別にロイズが憎い訳じゃない。保守的なロイズを、世界市場で勝負できるプレイヤーに作り変えようとしているんだ」

ふむふむ、と口を動かしながら、リジーが人混みと、その中心でジョークを飛ばすモーガンを見ていた。

「ロイズは一つの人格だ。その保守性を崩すには、大きなスキャンダルが必要なんだよ。個人主義と詐欺が蔓延(まんえん)した時代にはロイズ法が生まれ、外国資本が入り込んだ時には特別委員会が設置された。僕のような強行手段を取る保険調査員が生まれたのだって、世間でテロ行為が一般化したからだよ」

そして今また、モーガンという男は一億ドルの保険を足がかりにして、ロイズという巨木に金の斧を振るおうとしている。

「じゃあ、あの人のしようとしていることって、先輩的にオッケーなんすか？」

「別に、どっちでもいいよ。ただ僕はモーガンが嫌いだ」

その言葉が聞こえた訳ではないだろうが、モーガンはカインの方へ首を回した。人々の中から一歩進み出ると、シャンパングラスを掲げて、こちらへ向かって悠々と歩いてくる。余裕ある紳士としての振る舞いだ。

「カイン。カイン・〝ファニー〟・ヴァレンタイン！」

キャプテンズ・ルームに響く胴間声（どうまごえ）に、それまでモーガンを認識していなかった客たちも振り返る。人々はお互いに声を潜め、モーガンと対峙するカインのことを話し合っているようだ。

「君に会いたかったよ。ちゃんと話すのは初めてだな」

「よろしく、モーガン。お互いに噂は聞いてるでしょう」

カインがモーガンに右手を差し出した。彼の方も気安く手を取ると、二人の間で握手が交わされる。

事情を知らない者から見れば、ロイズの厄介者同士が手を結んだように見えるだろう。しかし、モーガンの背後で成り行きを見守る人たちには、それが明確な敵意の交換だと理解している。

「夕方までグラスゴーにいたそうだね、カイン」

「ええ、ちょっとした出張でね。実に簡単な仕事でしたよ」

モーガンの黒い瞳がカインを見下ろす。今まさに、対戦相手を値踏みしているのだろう。

もしも、モーガンの思惑通りに事が運んでいれば、今頃カインはスコットランドの海に浮かんでいた。それが今、こうしてロイズのパーティで対峙している。その事実だけで、彼はカインを侮るべきでないと考えたのだろう。だからこそ、こうして向こうから来た。

ならば、次はこちらの手番だ。

カインが小さく微笑んだところで、会場に大きな歓声が上がった。自身の登場時よりも大きな声と拍手が起こったことに対し、モーガンはいくらか不服そうに顔を歪めて振り返った。

会場の入り口に人々が集まっていた。やがて群衆を掻き分け、二人分の足音。黒い絨毯にドレスの裾が翻る。

深い青のドレスに身を包んだベティと、彼女の手を取る浅葱(あさぎ)色のドレスのアリス。銀色の瞳と金色の髪が、それぞれカインの視界に現れた。

「カイン、お待たせしましたワ」

アリスが声を上げると、人々が左右に分かれる。ロイズの中でもネームとしてのアリスの名は有名だ。それがスピラ家の令嬢を伴って現れたとあれば、ロイズの人間にとって注目に値する。それだけではない。今までモーガンに取り入ろうとしていた外国の保険業界の関係者たちでさえ、二人に挨拶をしようと機を窺っている。

アリスがベティの手を引いて、カインとモーガンの前に立つ。事情を知る一部の人間からすれば、それは明確な対立構造だった。

「ロイズのパーティに出るのは久しぶりですワ。でも、せっかくベティちゃんを紹介するのですもの。私も同席しなくてはいけません」

アリスの柔和な笑みに対し、カインはいつもの調子で微笑みかける。前に立つモーガンの表情は解らないが、少なくとも心中では憎々しげに思っていることだろう。

アリスが手を放すと、それを合図にベティは小さく頭を下げ、モーガンに向けて優しく微笑んだ。花飾りのついたベールが、空調の風に乗ってふわりと広がる。

「初めまして、エリザベス・スピラです」

優雅に、そして堂々と名乗り上げ、ベティは自分の命を狙ってきた張本人に笑顔を向ける。対するモーガンはいくらか反応が遅れたようだったが、それでも平静を取り戻して礼儀に則って挨拶を交わす。

「あのスピラ家のご令嬢にお会いできて光栄だ」

「私も、この眼にご執心な殿方とようやく会うことができました」

ベティは笑顔を崩すことなく、銀色の瞳で強くモーガンを睨んでいた。場を支配していたはずのモーガンが、その一睨みでたじろぎ、取り繕うように視線を彷徨(さまよ)わせた。

それはモーガンにとって予想外の出来事だったのだろう。カインの許で守られているはずの少女が、危険を冒してまで会いに来た。表向きには無関係のままに終わるはずだった仕事が、これで一つ、やりにくくなったという訳だ。

「もしも、ここで貴方がフォークを使って私の眼を潰したら、きっと簡単に貴方の願いは叶いますよ」

「何を馬鹿な。貴女の綺麗な瞳に傷がつくことなど、考えたくもないですよ」

冷静に答えるモーガンだったが、己のシャンパンをウェイターに預ける一瞬、ただ一度だけカインの方へ視線を送った。黒い瞳には煮えたぎる憎悪の色。この出会いを仕組んだカインへの圧倒的な敵意があった。

「失礼。少し、他の方と話すことがありますので」

モーガンは薄ら笑いを浮かべつつ、この場から立ち去ることを選んだ。最後まで礼儀を欠くことなく、ロイズの黒犬は自分の取り巻きの方へと戻っていく。

その背を見送るカインに、底意地の悪い笑み。

「いや、傑作だな。自分が優位だと思ってるヤツに一泡吹かすっていうのが、僕は大好きだ」

「まったく、カインったら。相変わらず性格が悪いですよ」

アリスから溜め息混じりの非難の声。カインは乾いた笑いで受け流し、濃い青のドレスに身を包んだベティの方へ視線を遣る。

「良く来てくれたな。そして面倒事を押し付けてしまって、すまない」

「いいんです。私もただ臆病に逃げるつもりはありませんので。それに、あの人の焦った顔が見れて良かったです」

そう言って、ベティは口元に手をやって上品に笑ってみせる。

「もう、カインの影響でベティちゃんまで性格が悪くなってしまいますワ」

困惑するアリスに、カインがウィンクで小さく謝意を伝える。そして、ベティの肩に手を置いて、その体を反転させた。向かう先にはモーガンと、彼を取り囲むロイズの人間たちの姿。

「それじゃ、ベティ。最後に一つ、僕の口上（こうじょう）が残っている。君を担ぎ上げるみたいになるが、許してくれるかい？」

「どうぞ、ご自由に」

意地の悪い笑みが二人分。少年と少女が、一緒に悪戯（いたずら）をしかけるような愉快さと、秘密を共有する心地よさがあった。

「さて、今夜ロイズにお集まりの皆さんにお伝えしましょう！」

突如として、カインが声を張り上げる。その声に驚く者もあれば、余興が始まるのかと楽しげに顔を上げる者もいる。そして、それを強く睨みつける者も。

「ここにいるのはエリザベス・スピラ嬢。かのスピラ家のご令嬢だ。そして、驚くなかれ、彼女の瞳にはなんと一億ドルもの保険金が掛かっているのです！　もちろん、耳聡いロイズの方々はご存知の方も多いでしょう」

歌い上げるようなカインの言葉に、パーティ会場に集まった人々が困惑するように顔を見合わせる。周囲の人間と囁き合い、あるいはベティの素性について尋ねる者もいる。

「そして、彼女の瞳の保険について、我がウィスクム・アンド・ファイブスが再保険を担いました。それはつまり、保険調査員が全力で彼女の瞳を守るということです！」

それは宣言だった。

今まではベティの保険について知らない者もいた。知る者でさえ、それは書類の中の話で、実際に少女を前にしたことはなかっただろう。それが今、カインの言葉と少女の姿によって大いに晒された。

そして、カインは衆目の前でベティを守ると言い遂げた。

これは一つの賭けだ。もしもベティの瞳が失われればカインは敗北し、ウィスクム社も信用を失う。しかし一方で、明確な庇護者がいることを示せば、ロイズで立場を決め兼ねている者たちが親モーガン派に取り込まれることはなくなる。

つまりロイズ内でのパワーバランスを削り合う、いわば一つの盤外戦だ。

「さぁ、我が社はこれよりスピラ家との良好なお付き合いを致したいところですが、彼女もまた多くの人と良好な関係を築きたいとのこと。宜しければ、是非とも彼女と話してやってくださいよ」

カインがそう言うと、ベティがここぞとばかりに最高の笑顔を観衆に送った。名女優もかくや、彼女の微笑み一つで、パーティに集まる人々は心を揺さぶられたようだ。

やがて次々とベティの許に人が集まり、カインとアリスがそれを横で捌いていく。多くの名士がエリザベス・スピラの名と、彼女の銀色の瞳の価値を知って帰っていく。

カインがふと視線をやれば、遠巻きに見ていたモーガンが、小さく舌打ちを残して会場を去っていくのが見えた。

それは開戦の合図だ。

ここでカインは振り返る。楽しげに笑うアリスと、呆れ顔で料理を食べるリジーに向けて、ウィンクを一つ。

5

ロイズの表階段をベティが下っていく。

夜風に青いドレスが翻る。スカートの銀糸が街灯の光を受け、まるで天の川が移ろっていくような輝きを放つ。

「久しぶりに面白いパーティでした」

最後の一段を降りるのと同時に、ベティがカインの方を振り返ってそう言った。

「大変じゃなかったか。何十人もと挨拶を交わしていただろう」

「慣れっこです。昔から、父に連れ回されてパーティには顔を出していたので。でも、今回は初めて自分の意志で参加しました。だから、楽しかったんです」

足を止めたベティにカインが並び立つ。少女の顔が、一瞬だけ暗いものを作った。

「父に呼ばれて行ったパーティは、本当は大嫌いだったんです」

「それは、どうして」

「きっと、貴方はもう知っていると思いますけど、父は社交界を利用して成り上がった人間です。私を使って、色んな人たちに取り入って、そういった人たちを足がかりにして、新しい事業を始めましたから」

ベティの銀色の瞳に光が入る。ロイズビルを照らす青と緑の照明。漆黒の空に、シティのビル群が燦々(さんさん)と光を放っている。

「カイン、少しだけ手を出して」

急に名を呼ばれ、カインが驚いたように体を反らした。しかし、その反応すらベティは笑って受け流し、返事を待つより先に、彼の手を取っていた。

「私にとっては、今日が本当の社交界デビュー(デビュタント)です。そんな日に、ダンスの相手もいなかったなんて、スピラ家の名折れです」

少女はカインの手を引いて、ロイズの玄関前まで進んでいく。人通りも絶えた、夜のライムストリート。ビルの谷間に生まれた小さな舞台には、シティ・オブ・ロンドンの光が淡く降り注いでいる。

「僕みたいな人間には分不相応だが、お相手するよ」

カインがベティの手を握り返し、夜の通りにステップを踏んでいく。周囲に人の姿はないが、稀(まれ)にロイズの方から下りてくる者もいる。そういった人間に見せつけるように、カインは精一杯のダンスを披露してみせる。

ふとダンスの最中、ベティの瞳が悲しげな色を映した。

「もう父はいません」

その一言を苦しげに吐き出しつつ、ベティは軽やかな足取りでステップを合わせてくる。

「一年前に父が死んでから、今日までずっと多くの大人が私の瞳を狙ってきました。私を守ってくれる人は、どこにもいないんです」

「ライラがいるじゃないか」

「自分がいる、って答えてくれないんですね」

ここでカインがベティの体を振って、その手を離した。ステップが乱れ、ベティが通りに一人、孤独に足を止めた。

「それなら、さっき答えた通りさ」

カインが微笑むと、その思いが伝わったのか、ベティは顔を明るくして再びステップを踏む。誰もいない通りで、少女がドレスを翻して踊っている。

「ベティ、僕は君に二つほど質問をしなくちゃいけない」

「そうですね、きっと私も話さなくちゃいけないことがあります」

ベティが歩み寄り、カインの手を取った。

「まずは君に保険を掛けた人間についてだ。モーガンがスピラ家の人間と一緒にいたらしい。五十がらみの男だそうだが、心当たりはあるかい？」

「そうですね、ヴィクター叔父様がその年頃です。その年代の親戚で男性は他にいません」

「それなら、やはり彼なのだろう。真に君を狙う者は、モーガンとヴィクターの二人だ。他の親族も協力はしているだろうが、彼らは利益が一致して、相乗りしている程度かもしれない」

カインはもう一人の敵の姿を想像する。

スピラ一族の男にして、ベティの瞳に掛けられた保険金を狙う人間。その人物は、愛すべき親戚の少女を危難に陥れる。それは冷酷非道だろうか。しかしカインは知っている。時として大きな欲は目を曇らせ、馬鹿げた振る舞いが愛情を無価値にする。

「ヴィクターという人はどういう人物だい」

「私も、叔父様に会ったのは三回しかありません。一度目は父の借金を取り立てに来た時、二度目は成功した父の開いたパーティで。それから最後は、その父の葬儀の時です」

「彼は、君のお父さんを嫌っていたかな？」

「かもしれません。でも、親戚の中で唯一、父と同世代の人だったので、何かと気にかけてくれたのは確かです。厳しい人ではないですけど、いつも呆れたような顔で、それから私と話す時はいつも溜め息ばかり吐いてました」

彼女の父とヴィクターの間に、どのような確執があったのかは定かではない。

想像するだけだが、ベティの父であるネイサンは、多くの場面で同年代のヴィクターを頼ったのだろう。時に借金もし、その負債は金銭面でも、そして感情においても膨らみ続けた。その結果として、ベティの保険金の受取人をヴィクターにした。それは借金返済までの担保だったのかもしれないが、当のネイサンが亡くなった今では、取り返すことも難しい大きな質草となってしまった。

ふとカインがベティの表情を窺うと、彼女は不思議そうに目を細めて、こちらをジッと見ていた。

「あの、今度は私から質問いいですか？」

「ああ、どうぞ」

「カインはどうしてロイズにいるんです？　あと、前に船で私を助けてくれた時に使っていた武術はなんですか、柔道？　それとも合気道？」

「その質問は、いっぺんに二つ答えられそうだ」

カインが楽しげにステップを踏む。彼女のドレスの裾にかかるほどに激しく、また陽気な動きだった。

「僕の祖父は日本で古武術の道場を開いているんだ。そして、その祖父の知り合いがロイズの会員だった。僕は最初、普通の保険会社に就職したが、その知り合いのツテでロイズに出入りするようになった」

カインの答えに満足したのか、ベティが小さく微笑む。

「ね、お祖父さんはどんな人？」

「厳しい人だね。日本に帰る度に、僕に稽古(けいこ)をつけてくる。とても強くて、一回も勝ったことがないんだ」

「カイン、なんだか貴方のステップ、武術みたいな動きになってますよ」

「おっと、意識がそっちにいってたか」

ここでカインが苦笑し、同時にステップを止めた。

ベティは手を握ったまま、不安そうにカインを見つめている。ビルの間を駆ける風が、彼女の淡い色の髪とドレスを大きく翻らせる。

「今度は僕から新しい質問。君の瞳についてだ」

男と少女が対面する。ベティは苦しそうに眉をひそめた。

「君は自分の瞳の秘密を知っているはずだ。今までは単に、ネイサン・スピラの資産として保険が掛けられているのかと思っていたが、それにしては相手の出方が強行すぎる」

「それは」

「サリエルの瞳――」

その言葉を受け、ベティが明らかに顔を逸らした。

「相手方は君の瞳をそう呼んでいる。心当たりはあるかい？」

銀色の瞳が潤む。ベティの目に雫が溜まるが、それを流すまいと彼女が強く目を結んだ。

「それは、知ってます。でも、これを貴方に伝えると、きっと本当に後戻りできなくなるから」

「後戻りしても良いのかな？」

カインの手にベティの爪が食い込んだ。彼女は辛そうに顔を下げている。

「サリエルは……ユダヤ教の天使の名前です。人間に月の秘密を教えた魔術の天使、そして死を司る天使です」

絞り出すようにベティはそれだけ言うと、後はただ黙って俯いたままだ。それ以上は言えない。その意味を込めた小さな震えが、カインの指先に伝わってきた。

だからカインは、その手を大きく取って、少女の体を華麗にターンさせた。

「なら君の瞳は、天使の瞳だ」

振り回された先で、ベティの表情が変わった。その目には月光の冴え。輝きを持って、カインの方を見つめている。

「クサい台詞ですね」

「癖だよ。こんな風に生きないと、途端に元の自分へ戻ってしまう気がするから」

カインは小さく自身の弱さを伝えた。それを示すように一歩、彼女に向けて足を出す。それを受け入れるように、ベティもまた足を交差させてステップを続ける。

「あの、長生きしてくださいね」

「まるで僕をお爺さんみたいに言うね」

「だって、そんなクサい台詞、昔の映画でしか聞いたことないし」

ベティの笑顔に釣られて、カインもまた優しく微笑んだ。

第三章

"A girl with an angel's eyes"

天使の瞳を持つ少女

WORLD.INSURANCE

Presented by KATSUIE SHIBATA

Illustrated by SHION

サリエル。
神の王子とも呼ばれる大天使。地上に遣わされ、アダムとイヴの子孫に月の暦を教えた。それによって人々は年を重ねるようになり、同時に命を限りあるものとした。その為に、サリエルは人の死を司り、その魂を導く死神の役目を背負った。同時に、サリエルはオカルトの立場では邪視（じゃし）と呼ばれる魔術の守護者であることから、堕天使の汚名を着せられることもあった。

そういった内容を頭に入れ、カインはそこで一度本を閉じた。

ウィスクム・アンド・ファイブスの休憩室。既に多くのアンダーライターが出社した午後で、今はただ一人、昼食を済ませて自由に時間を使っている最中だ。

そうした中、カインは一人で沈み込みの激しいソファに腰掛け、大窓の向こうに広がるカナリーワーフのビル群を眺めている。手元には取り寄せた本が数冊。セシルコートの古本屋で買った革装丁の古めかしい本から、毒々しい表紙のペーパーバックまで。内容は天使やら悪魔、魔術やらが書かれたものばかり。リジーあたりに見られれば、オカルト趣味に走ったのかと心配されるかもしれないが、これも立派な保険調査の一環だ。

そしてカインは、再び積まれた本を手に取る。付箋を頼りにページを開けば、そこに羽を生やした美しい青年の挿絵があった。それこそが天使サリエル。彼は挿絵の中で、魔術師の使う邪視を聖なる力で防いでいた。

邪視。視た相手の命を奪い、不運を呼び込む力。そう語られるものの、邪視の持ち主は自らの力を自覚していることはないという。何者かに見られたことで不幸な目に遭うといった、他人の視線への恐怖が邪視の概念を生み出し、同時にそれを防ぐ魔術が生まれた。

サリエルの瞳。その名に意味を求めるのなら、それは邪視を防ぐ瞳だというのか。

カインはベティの銀色の瞳を思い起こす。確かに、あの独特な虹彩の色は見る者を惹きつけ、そして恐れさせる。もしも、あの少女の瞳が一つの宝石であったなら、それこそ一億ドルの価値はあっただろう。

ここでカインは、用意したもう一冊の本に手を伸ばした。

英国紳士録(Who's Who)。政財界の要人、文化人、スポーツ選手、あらゆる著名人が記された赤表紙の大判本。オンライン上でも参照できるが、カインは手続きを嫌って本の方を取り寄せていた。

目的の人物の名はヴィクター・スピラ。

カインは該当項目を見つけ、そこに記載されている人物の経歴と最近の動向を目で追っていく。

ヴィクターはスピラ家の現当主の息子であり、ベティの父であるネイサンは彼の再従兄(はとこ)

に当たる。海運業で名を馳せたスピラ・ロンドンの本流がヴィクターの家であり、祖父の代に分家した庶流がベティの家系だ。

ヴィクター自身に子供はいないようだったが、既に彼の甥がスピラ家の後継者として指名されている。このまま行けば、ヴィクターが次の当主となり、その後は甥が後を継ぐのだろう。

加えてスピラ家の近況としては、海運業からの撤退以後はネイサンが形作った金融と保険、証券取引の新興企業を中心に、経済界で重要な地位を占めている。どれもヴィクターが手を回しているようだが、特に目立ったスキャンダルもなく、それぞれ経営も安定しているようだった。

実に、順調な人生。カインはヴィクターをそう評した。

積極的にベティを狙う理由が見当たらない。今更、一億ドルの保険金を手にせずとも、十分に事業は成功しているし、庶流のベティが後継者問題に絡む可能性も低い。

ではやはり、彼女の瞳そのものに意味があるのだろうか。

ここで喉が渇き、カインが手近なテーブルに置いていたコーヒーに手を伸ばす。それと共に、休憩室の扉が開き、ジャラジャラと鳴る大量のアクセサリーの音が聞こえてきた。

「オリバー、今日のライブは？」

カインが扉の方に視線を向けると、そこに銀のラメの入ったジャケットを着たオリバーの姿があった。ウィスクム社の社長は、今日も一際輝いている。

「たまには休みも取るとも。ここで詩作にふけるのも良い」

「貴方の詩のセンスは壊滅的なんだから、止めた方がいいんじゃないかな」

「破壊の後に想像があるのサ。英国のロックシーンを変えるのに、私のセンスは必要だよ」

カインの忠告に聞く耳も持たず、オリバーは対面のソファに腰掛けると、手にしていた紙にツラツラと文字を書き起こしていく。

「もしかしてだけど、オリバー、その紙って大事な資料なんじゃないか？」

「モチロン。君に見せるために持ってきた書類のコピーだ。でも今は思いついた歌詞をメモするのに使っている」

傍若無人な社長の振る舞いに頭を痛くさせつつ、カインは未だに何も書かれていない紙を抜き取って確かめていく。

「これは、ベティの契約についての書類か」

「その通り。スタンリー・アンド・リック社を筆頭に、エリザベス・スピラの保険契約を引き受けた六つのシンジケートの書類だ。今まで内密にしていたものを、こちらに提供してくれた。彼らは昨日のパーティの後、我が社に協力すると言ってきたよ」

それを聞いて、カインは僅かにほくそ笑む。

どうやら、昨日のパーティでの口上は十分な効果を上げたらしい。書類はどれもこれも、ベティの瞳に掛けられた保険についての内容と、その保険料率の改定、または解約について動き出していることを示すものだった。

「いわば、その六つのシンジケートは我が社の味方だ。当然だネ。このままモーガンに良いようにやられたら、莫大な保険金を支払うのは彼らが抱えるネームだ。誰だって破産はしたくない」

「良い傾向ですね。これまで水面下で動いていたものを、無理にでも引き上げた甲斐があった」

「ノーマン・レイノルズの口利きもあってこそサ。彼は隠居した身だが、多くの老舗シンジケートに顔が利く」

カインが書類を検(あらた)めていくと、その中で二人の人物の名が何度も現れるのに気づいた。一人はネイサン・スピラ。保険契約者であるベティの父親の名が登場するのは道理だが、もう一人の名は聞き覚えがない。

「オリバー、このレフ・カガノヴィチという人物は誰だい?」

「それなんだが、どうやらエリザベス・スピラの瞳の保険価額を決めた人間の一人らしい。彼と六つのシンジケートの筆頭アンダーライターが、それぞれ協議して一億ドルという価値を算出したようだ」

ふむ、とカインが小さく唸った。

これまでの例で言えば、ベティの瞳に価値を設定したアンダーライターは軒並み失踪し、さらに話を持ちかけたノーマンにも手は及んでいた。つまり、敵対者はベティの瞳を評価した人間を追い、その秘密を消そうとしている。

「このレフという人物の詳細は？　名前からしてスラヴ系だと思うけど」

「ロシア人の医師だってサ。ネイサン・スピラが懇意にしていた医者で、エリザベス・スピラの主治医でもあったらしい」

「率直に聞くけど、彼は無事かな」

「そこは安心してくれて良い。彼は今も無事にロシアで過ごしてるヨ。ダフトンの連中が手を伸ばすには、少しばかり都合が悪かったのかもしれないネ」

でも、とオリバーは付け加え、自身がメモ書きに使っていた資料を一枚、カインの方へと差し出した。

「手が伸びているのは確かみたいでネ、レフ医師は一週間後にイタリアで行われる学会に出ることになっている」

オリバーの意図を汲み取ろうと、カインが書類に目を通していく。レフという人物が参加するという学会の案内状だ。それも特に、世間で万能細胞と呼ばれる先端医療に関するものだった。

「その学会のお偉方は、元々スピラ家と付き合いがあったらしいけど、今年は亡くなったネイサン・スピラから代わってヴィクターが招待されたそうだヨ」

「そこで何か動きがある、と？」

「じゃないの？　私だったら、そこで仕掛ける」

カインが目を細め、書類の細部を確かめていく。

サリエルの瞳。その秘密を知るかもしれないロシア人医師が、ヴィクターと同じ場に現れる。それはある意味で、この一件に幕を引くために必要な大舞台なのかもしれない。

「オリバー、この学会が行われる会場っていうのは」

「サレルノ大学だ」

カインが頷く。ヨーロッパ最古の医学の大学。大学のあるサレルノはイタリア半島の南部、長靴に喩(たと)えれば足の甲に位置する港湾都市だ。地中海に面し、アマルフィ海岸の一角をなす風光明媚(ふうこうめいび)な土地。

「レフ医師の宿泊先は分かる？」

「知らないけれど、恐らくはホテル・スピアッジャだろう。サレルノで要人が泊まるならここだ」

ホテルの名前を聞き、カインが即座に携帯端末に情報を打ち込む。ホテルの情報は元より、ロイズの人間だからこそ解る、ホテル側が掛けている保険についての詳細も追う。

「決まりだ。僕はイタリアに発つよ。ホテルの予約も済ませておいたしね」

カインが笑みを作ると、オリバーも紫色の唇を歪めて笑った。

「ははぁ、さてはロイズのメンバーに融通して貰ったネ。これだからアンダーライターっていう職業はズルい」

「ズルいついでに、何件かの保険契約を我が社で引き受けるよ。ホテル・スピアッジャの保険、いくつかウチに回してもいいかな」

「それは筆頭アンダーライターの君の仕事だ。私が口出しすることじゃない」

オリバーは愉快そうに両手を上げると、後は任せたとばかりに話を打ち切り、そのまま鼻歌まじりに作詞に励み始めた。

カインの方は社長のメモ用に一枚を残した他は、全ての書類をまとめて立ち上がる。休憩室を出るなり、今もロイズのボックスに籠もっているであろうリジーにメールを送る。新たな保険契約を数件、彼女の方で捌けるように仕事を押し付け、一方でアリスとランディにも連絡を取っていく。

一週間後、事態は必ず動く。

モーガンが勝つか、カインが勝つか。ベティの瞳を守れるか、または失われるか。今まさに局面は動いていく。相手プレイヤーの手を読み、盤上を制する。それは無上の喜びだ。

カインは廊下を歩きながら、自然と頬が緩むのを意識した。

自分はゲームを楽しんでいる。どんな危険も、リスクも、平然と引き受けて解決していく。自分は死んでも構わないと、そう思っているからこそ常に成功を引き寄せ、この立場にまで上り詰めた。

まだまだ上へ行ってみせる。その先に何があるかは解らないが、いずれ己の命尽きるまで、ただ上を目指し続けるのだろう。

だが、と、ふと胸中に薄暗い感情が湧く。だからカインは、その部屋の前で足を止めた。

ベティ、天使の瞳を持つ少女。命を賭けているのが自分だけならばゲームだが、彼女もまた命を狙われている。ならばこれを単なるゲームとして割り切ってはいけない。彼女を守ることに関しては、ロイズのモットーを忠実に履行しよう。

ノックを二つ。仮眠室の扉の向こうから、明るい少女の返事があった。

「入るよ、ベティ」

カインが仮眠室に入れば、以前よりも物が増えたのが目についた。無機質だった室内は、いつの間にかベティの趣味に染まったのか、年頃の少女らしい小物が置かれている。

「カイン、どうかしたの?」

「いや、別に……」

何より、当のベティがこの生活に馴染んでいるようだった。

ベティはアッシュブロンドの髪をベッドの上に乱して、水色のスウェットシャツ姿で寝転がったまま、手にしたコミックを読んでいる。ふと手を伸ばし、床に置かれたスナック菓子の袋をまさぐり始めた。

「なんだか、随分と慣れたな」

「そうですか？」

そう言いつつ、ベティは手にしたスナックを口に放り入れ、美味しそうに咀嚼していく。よほど漫画が面白いのか、彼女は笑みを浮かべて、ベッドの上で足をばたつかせている。実家にいる時でさえ、これほどに怠惰な姿は見せなかっただろう。

「それよりカイン、この漫画、とっても面白いですよ。後で貴方にも貸してあげます」

「それはどうも」

この少女が、前日にはきらびやかなドレスを着て、パーティで大勢の大人を相手に微笑んでいたのが信じられない。そして、自分の瞳に一億ドルの保険金を掛けられ、命を狙われていることも信じられない。

なるほど、つまり彼女は本質的に神経が図太いのだ。

「とんだ堕天使だ」

カインの呟きに、ベティが意味も解らず小首を傾げる。

2

その小さな凶報は、カインがイタリア渡航を三日後に控えた時にもたらされた。

アリスがロンドンに構える邸宅——プリムローズ・ヒルの高級物件だが、これでも通勤用の別邸だという——で、月に一度の午後の茶会が開かれた時だった。その日は、いつもの如く誘われるカインとランディ、リジーの三人に加えて、新たに主賓としてベティとライラも招かれていた。

裏庭に続くテラスに据えられたテーブルの上に、ティーセットが設えられている。紅茶はダージリン。三段のティースタンドにはアリスの好物がたっぷりと載せられているが、今回はベティのために特に甘めの物を多く選んだとのこと。

「で、これがダフトン社の最近の動向でーす」

などと呑気な調子で、リジーがレポートをカインとランディに回してきたのは、ちょうどベティとライラが席を立ったあたりだった。アリスは元より見る気もないのか、ただ優しい微笑みを浮かべてティーカップを両手で支えている。

「見事に俺らに敵対しているな」

ランディがティースタンドに手を伸ばす。一段目に置かれたウェルシュ・ラビット。チーズとソースの香ばしいトーストにかぶりつきながら、ランディが書類を見ていく。

「ですよねー。見てくださいよ、ウチで引き受けてる保険をどんどん切り崩してるんですよ？　新しい契約も全部、ダフトン社の方が良い条件で奪っていきやがるんです」

リジーが二段目のスコーンを手に取り、たっぷりと生クリームをつけてから口に放り込む。よほど美味しいのか、頰を大きく膨らませつつ、次々とスコーンの断片を口に詰め込んでいく。本当にリスのようだ。

「それだけじゃない。ロンドン郊外で車両事故が頻発しているな。どれも我が社で保険を引き受けているやつだ。このままだと多額の保険金を支払うことになる」

カインは溜め息を漏らしながら、ティースタンドの三段目のヴィクトリアンケーキを皿に取った。ラズベリージャムが柔らかいスポンジに良く合う。

「あら。お金なら、心配しなくても大丈夫ですわよ？」

三人の憂い顔に対し、アリスの方は何事もなかったように目を輝かせている。話の内容云々ではなく、アフタヌーンティーを楽しむ時のいつもの表情だ。

「そういう問題じゃないんだ、アリス。ダフトン社が我が社の保険を邪魔する、っていうことは、モーガンの背後にいるギャングやらテロ組織やらが出てくることになる」

「となると、だ。ウチで保険を引き受けてる、その辺の車や家屋を破壊するだけじゃなく、無関係な人間にも危害を加えるかもしれないのさ」

「その辺はまだマシかもですよ。例えばＩＴ企業のリース契約を邪魔されたり、大型船の積荷が燃やされたりして、大口の契約に傷がつくような事態になったら、いくらアリスさんでも破産しちゃいますよ？」

三人がそれぞれに言い立てると、さすがにアリスも考えを改めたのか、

「あらぁ」

と一声。困ったように首を傾げて、カインの方を見つめてくる。

「でしたら、カインはどうしますの？」

くりん、と青い瞳を輝かせてアリスが無邪気に尋ねてくる。対するカインはいくらか思案し、裏庭の方へ目をやった。明るい日差しの下、緑の木々は整然と並び、小さな花々が咲き誇っている。

「そうだな」

今また、どこかで小鳥が鳴いた。アリスの別邸の裏は、そのままプリムローズ・ヒルの丘と隣接している。

「なら、こっちもダフトン社の保険を切り崩すだけだ」

カインはそう言い切った後、柔らかいスポンジケーキをフォークで切り分けた。それを見たランディは力強く拳を握り、リジーは訳も解らず頷いている。

「そうこなくちゃ！　目には目をってヤツだ。それでカイン、俺たちは何をする？」

「同じ手を使うさ。ダフトン社が契約している保険契約に穴を開けて、保険金を支払わせて体力を削る。ただし、暴力的な手段はなしだ。あくまでダフトン社との契約を不利に思わせて、被保険者が解約に動けば僕らの勝ちだ」

「具体的に、何をするんですか？」

リジーが口に入れたスコーンを咀嚼しながら尋ねてくる。

「例えば、ダフトンの引き受けた保険はギャンブル的な要素の強いものが多い。カジノで客が五回連続でブラックジャックを出した時の保険だとか、クロスワードパズル雑誌で回答者全員に賞金を支払うことになった際の保険、もしくはクリケットの試合中に鳩が乱入して試合が中止になった場合の保険とか」

「馬鹿らしい保険ばっかですね」

「無意味に高い保険料を払うのが目的なのさ。ギャングの集めた汚い金を、ロイズを通して綺麗に洗浄している。でもその分、あり得ない、起こり得ない、っていう保険ばかりでね」

「そこに付け入る隙がある、ってことですか」

リジーが納得したように首を上下させる。

「そう、そして僕らは彼らがあり得ないと思ってることを実現させ、ダフトンに多額の保険金を支払わせる。あそこのネームには悪いが、なに、多くが裏社会と繋がってる悪人たちばかりさ」

カインが楽しげにプランを提示すると、一同もまた表情を改めて頷き合う。ウィスクム社の社員一同、馬鹿にされっぱなしは嫌いなようだ。

「さ、話もまとまったのでしたら、お茶会の続きを致しましょう」

そう言って、アリスがティーポットに手を伸ばしたあたりで、客間の方からベティが顔を覗かせる。丁寧に編み上げたアッシュブロンドの髪が、彼女の首の傾きに合わせて揺れている。

「あの、アリスさん？」

「あら、ベティちゃん。どうぞ、お掛けになって。お菓子もまだ沢山残っていますワ」

「ありがとうございます。えと、でも、その」

何やら言いにくいことでもあるのか、ベティが恥ずかしそうに、客間のカーテンに半身を隠しながら、もじもじと体をよじっている。

「どうしたんだい、ベティ。何かアリスに質問かな」

「え、ええ。そうです。あの、さっきお家の中を見せて貰った時、ホームシアターがあると聞いて、それで何か一緒に映画でも見られないかな、って」

ベティのその提案に、アリスは「まァ！」と声を上げて両手を打ち合わせる。席を立つや、ベティの方へ駆け寄ってカーテンごと彼女を抱きしめた。

「とても良い提案ですワぁ。皆さんでぜひとも、楽しい午後を過ごすことにしましょう」

アリスによって、ぐるぐると体を振られるベティ。それを見たカインとランディが顔を見合わせて笑い、リジーが助けに向かった。

そういった訳で、アフタヌーンティーから午後の映画鑑賞会に舞台は移り変わる。

ダフトン社とモーガンの動きは懸念すべきだが、だからといってささやかな楽しみを忘れては人生に意味はない。これもまた、ウィスクム社の社風の一つ。

しかし、楽しみの前になすべきこともある。

「それじゃ、皆で用意していてくれ。僕はお茶を淹れてくるよ」

そう言ってカインが席を外したのは、先ほどからライラの姿が見えなかったからだ。一同はリビングで、ホームシアターを準備しながら、それぞれ好みの映画を楽しげに語り合っている。カインは彼らから離れ、キッチンの方にいるというライラを迎えに行く役目を引き受けた。

カインが一人、塵一つない廊下を歩いていく。並べられた調度品も、綺麗に片付けられているが、一方で生活感は皆無だ。

アリスの家は豪邸といって差し支えないが、普段は無人で、セキュリティも警備会社に一任している。もっとも、近隣一帯を警備員が巡回しているような高級住宅街だから、人がいないこと自体に心配はない。

長い廊下を歩く中、ふとカインが曲がり角のコンソールテーブルに置かれたテディベアに手を置いた。古いものらしいが、何度も修繕されて大事にされている。

アリスがこの家に寄りつかず、ウィスクム社やロイズの人間と親しくするのには訳がある。それはひとえに、寂しいからだという。月に一度のお茶会も、何かと理由をつけてロイズの友人たちと会う機会が欲しかったから。

働く必要のないアリスのような立場の人間は、それこそ社交界に出入りして悠々自適に暮らしているのかと思えばそうではない。アリスもまた、自分を利用したがる多くの人間たちから離れて、純粋な友人として付き合ってくれる相手を求めている。

それはベティも同様なのだろう。

アリスがベティに肩入れしたのは、もちろん自分の求める「可愛い」の基準に合格したからだろうが、それ以上に自分と似た境遇にあったこともある。

ならばカインにとっても、ベティはアリスと同じく友人だ。立場などは関係なく、ただ一人の友人として向き合おう。ロイズにおける〝最高の誠意〟とは、そういう相手に向けるものだと、カインは信じている。

だから、彼女に対しても。

「ライラ、何か手伝おうか？」

カインはキッチンを抜け、薄暗いパントリーへと入っていく。食料品や備蓄品、食器類が入った棚が並ぶ、細長い部屋だった。小さな窓から明かりが漏れるだけの、モノクロで描写された空間に一人の女性が立っている。

「カインさん」

灰色の風景の中、ライラがこちらを向いた。長い黒髪を一つに束ね、ブラウスにジーパン姿とラフな格好。いつでも働きやすさを第一に考えているようだ。

「茶葉の缶を取りに来たのですが、少し棚が高くて」

ライラが困った表情を浮かべる。家主なら踏み台の場所も分かるだろうが、客人である彼女はそれも分からず、必死に背を伸ばして上の棚に手を伸ばしていた。

「そんなに熱心にやらなくていいよ。お客さんに手伝わせたとあったら、アリスが礼儀知らずな自分を責めてしまう」

「ああ、申し訳ありません。どうにも何もしないでお茶を頂くというのが、非常に気まずくて。いけませんね。職業病です」

カインがライラの横に立ち、彼女が必死に手を伸ばしていた棚から茶葉の缶を取り出した。

「君は、ベティに仕えて長いんだったな」

「そうですね。もう十年になります。元は父がスピラ家に仕えていたのですが、私が十五歳で高校に入るのと同時に、礼儀作法を学ぶ意味で、お屋敷に出入りさせて頂くようになりました」

「ベティにとっては、良きお姉さんだな」

カインが言葉とともに、茶葉の缶を手渡すと、ライラは恥ずかしそうに顔を伏せた。

「そう言って頂けるのは光栄なことです。ただ……こんな状況だからこそ親しくして頂いてますが、本来ならお嬢様とこんな風になることはなかったと思います」

「そうかな。彼女は君のことを本当に信頼してるようだったよ」

ライラはその言葉には答えず、ただ小さく頷きを返すだけだった。

カインは茶葉の缶を携えたライラと共に、キッチンの方へと移動し、何気ない調子で湯を沸かしていく。今頃、ホームシアターの方ではアリスたちが楽しく映画を見始めているだろうか。

「ライラ、君に聞いておきたいことがあったんだ」

「なんでしょうか？」

ライラはてきぱきと紅茶を用意していく。カインが彼女の背に向けて声をかけた。

「君はレフ・カガノヴィチという人物を知っているかな？」

「それは——」

ライラが作業の手を止め、いくらか思案している。それでも意を決したのか、一度だけ頷いてカインの方を見た。

「お嬢様の主治医の方です。以前に大変お世話になった方だと」

「君は会ったことはあるのか？」

「一度だけ。私がお仕えし始めた頃に、お嬢様の術後の経過を見るといって、お屋敷にいらしていました」

術後、とカインが口の中で言葉を繰り返した。

「お嬢様は十年前に目の手術をなさったんです。私がお仕えする前まで、視力がほとんど無かったと聞いております」

それを聞いて、カインは不機嫌そうな顔を作った。

「ベティは十年前に目の手術を受けたんだな。それが一億ドルの瞳の秘密なのか？」

「い、いえ！　私には詳しいことは解りませんが、手術自体は視力回復のためのものだったと聞いております。ですから、それで何がという訳ではないはず、です」

うろたえるライラをよそに、カインは推理を働かせていく。

目の手術。それこそが彼女の瞳の秘密に繋がっているのかもしれない。十年前といえば、ベティの父が社交界に顔を売り始めた時期であり、彼女の瞳に保険が掛けられた時期と一致する。そして、何かしらの秘密を知るレフ医師は、その情報を元にロイズに高額の保険を引き受けさせた。

「やはり、レフという人物に会いに行かなくちゃいけないようだ」

カインは一人呟き、カップを載せたトレイを手に取った。後ろから紅茶の入ったポットを掲げ、ライラがついてくる。

「ライラ、言い忘れていたけど、僕は何があってもベティを守るつもりだ。どんな秘密があるにしろ、一度引き受けた保険は最後まで守る。それはお金の話じゃなしにね」

廊下を歩きつつ、カインが小さく振り返ってライラに笑みを送る。それを見た彼女は、いくらか驚いたような表情を作った後、何よりも安心したように微笑んだ。

「それは、本当にありがとうございます。お嬢様も、貴方に出会えて良かったと思います」

「君自身にも、僕に出会えて良かったと思ってもらえるように頑張るよ」

その言葉には、ライラが苦笑した。

「なんともキザな台詞をおっしゃるのですね」

「この間、ベティにも言われたな」

廊下に二人分の笑い声。

そうしてカインとライラが部屋に戻ると、まずランディの叫び声が聞こえてきた。見れば、ソファに陣取ったアリスとベティが身を寄せ合い、またリジーが菓子を手に、それぞれ食い入るように巨大なスクリーンを見つめている。

「お、帰ってきたか。カイン」

ソファの背に両手を置くランディが呼びかける。スクリーンの方では、流麗な剣士が魔物と斬り合うアニメ映画が上映されている。

「何を、見てるんだ？」

カインの問いかけに、ベティが振り返ってくる。喜色満面、なんとも楽しげな笑みがある。

「カイン！　これが『東京ナイトショー』ですよ。どうです？　もしかしてと思って、私が劇場版のソフトを持ってきていたんです！」

「あー、君の好きなアニメか」

カインの呆れた声はベティに届くことはなく、彼女は「今、良いところなんで！」と、再びスクリーンに視線を返す。

やがて劇中で大立ち回りが繰り広げられ始めると、カインとライラを除いた一同から歓声が上がった。

3

紺碧（こんぺき）の海に突き出た半島、峻険（しゅんけん）な崖の灰色と木々の緑、それらに散らばった建造物群の白い壁とオレンジの屋根。

ここはアマルフィ。世界遺産の海岸線。

イタリアに降り立ったカインは、サレルノを目指してナポリから船旅を続ける。陸路を取っても良かったが、どうせ行くなら優雅な旅の方が良い。そういった思いを込めて、今また観光船の上部デッキでグラスを傾ける。ほのかな苦味の薫るリモンチェッロ。この地の名産品だ。船のスピーカーを通じて流れるカンツォーネが、穏やかな波の揺れと共にバックミュージックになる。

「優雅なのはいいのですが」

背後からの声に、カインはサングラスを外して声の主を確かめた。

「ベティ、せっかくの旅行だよ。少しは楽しもう」

白い帽子に白のワンピース姿のベティがいる。少女は困ったように眉を寄せ、デッキで酒を楽しむカインを見下ろした。

「確かに、無理についてきた私も悪かったです。でも、こんなに緊張感のない旅になるとも思ってなかったんですよ」

ベティが顔をしかめる。

本来なら、この状況になったことを憂えるのはカインの方だ。イタリア行きを隠していた訳でもないが、二日前になってベティが自分もサレルノに行くと言い出した時はいくらか当惑した。

それでも、ベティが「私がレフ先生と叔父様に会わないと意味がない」と訴えかけてきたのもあり、迷った末に同行を許した。何より、ロンドンに一人で残すと、もしもの時に対応できない。

カインは自分をそう納得させ、今はこうしてベティと二人でイタリア観光を満喫している。

「カインは、いつも余裕ですね」

「なるようにしかならないよ。僕もロンドンで十分に準備をしてきたけど、モーガンの方が一枚上手かもしれない。でもまぁ、こうして君を同行させたのにも意味はある。相手は君がいないと思って策を立てていただろうから、その時点で一手リードだ」

「だからって、私までゆるゆると過ごすのは気が引けます」

「いいじゃないか。サレルノにつくまで、どうせモーガンも手出しはできない。なんといっても、この観光船自体がダフトン社で保険を掛けているものだからね。自分の保険対象を狙ってくる馬鹿はいないよ」

カインがそう言った直後、きんきんと金属を弾く音。白い船の外壁に弾痕が重ねられていく。

「前言撤回。馬鹿がいる」

飛び退いた直後、カインのいた場所に銃弾が撃ち込まれ、リモンチェッロを満たしたグラスごとテーブルが破片に変わっていく。

「ベティ！」

カインが少女の体を抱え、上部デッキから後方へ。鉄階段を伝い、船の客室へと入り、突然の襲撃におののく乗客たちの間を駆け抜けていく。なおも銃撃は続き、窓がクモの巣状にひび割れ、一気に人々の悲鳴が広がった。

テーブルの下に身を屈めつつ、カインは襲撃者が外から来ていることを確かめた。事前に乗客の身元は検めていたから不安はなかったが、さすがに外部から乗り込まれてはどうしようもない。

「カイン、大丈夫ですか？」

ベティが確かめるより早く、カインは割れた窓の向こうに敵の姿を見た。青い海の上を数台のモーターボートが駆けていく。白波の軌跡がうねり、まるで魚をついばみに来たカモメの群れのようだ。

「自前の保険対象もお構いなしか、それとも本当に馬鹿なのか。あれはモーガンが雇った人間だな」

モーターボートの上から、数人の男たちが銃を観光船に向けて撃ってくる。新たに窓が割れ、乗客たちが怯えて逃げ惑う。カンツォーネは止まり、スピーカーからは船長の避難指示が繰り返されていた。

「このままだと、あの人たちがこっちに来ます」

「だろうね」

「何を呑気に――」

ベティが抗議しようとしたところで、船が大きく揺れた。どうやら右舷の方から迫った別のモーターボートが体当たりをしてきたらしい。新たな襲撃者は、そのまま船に乗り込んでくるかもしれない。

「少し走ろう」

「でも、どこへ」

カインがベティの手を引き、船の後部を目指す。銃撃と悲鳴の音の中、二人が逃げ出す乗客たちとは反対の方へと駆けていく。

客室の扉を開け、後部搭乗口についた瞬間、タンクトップ姿で拳銃を構える二人の男に出くわす。カインは彼らが反応するより早く、一人の腹に掌底を叩き込み、そのまま男の体を盾として掲げる。

「肉弾戦は慣れてないんだな！」

カインが男の体をもう一人に向けて押し出すように投げつけ、折り重なった二人を貫くように鋭い蹴りを放った。

二人の男が搭乗口の壁に打ち付けられ、そのまま力を失った。カインは彼らに近づき、手にしていた拳銃を奪い取ると、さらにベティの手を引いて壁に身を隠す。

「丁度いい、彼らのモーターボートが停まってる。操縦者が一人いるけど」

「え、嘘ですよね？　もしかして――」

ベティが言い終えるより早く、カインは壁から飛び出していく。そのまま観光船の後方につけていたモーターボートへ一直線。ステップから跳び上がり、驚愕の表情を浮かべるモーターボートの操縦者へ向けて、思い切り飛び蹴りをかました。

「こんなモンさ」

カインの蹴りによって放り出された男が海へと落ち、情けない水飛沫が上がった。

「ほら、ベティもこっちへ」

「ちょ、ちょっと、いきなりそんな」

モーターボートの上で悠々とカインが手を広げ、ベティが跳んでくるのを待ち構える。

二人を追い立てるように、左右から銃撃が迫る。

「必ず受け止めてくださいよ！」

意を決したベティがステップから跳び、カインの乗るモーターボートへと落ちてくる。

いくらか船は揺れたが、それでもカインがしっかりと少女の体を抱きとめた。

「ようこそ。それじゃ、観光の続きをしよう」

「馬鹿言ってないで、早く出してください！」

相乗りしたベティの怒号を合図に、モーターボートの後方に向けて新たに銃撃が始まる。

観光船を狙っていた一群は、カインが船を奪取したことを知り、周囲を旋回しながら迫りつつある。

「こんな時、ランディがいてくれたらいいんだけど」

カインがレバーを握り、モーターボートを全速で発進させる。船は波を蹴り上げ、白い飛沫を撒き散らしながら進んでいく。後ろからは襲撃者たち。青い海を舞台に白い船が左右を縫っていく。

「一応、船舶免許は持ってるんだけどさ」

「なんです、急に」

風が吹きつけ、ベティの髪を揺らす。飛ばされないように、必死に白い帽子を押さえつけている。

「操船するの久しぶりなんだ。五年ぶりくらい」

「ちょっと！」

ベティの悲鳴。カインがハンドルから手を放し、彼女の頭を上から押さえつける。直後、背後に迫ったモーターボートからの銃撃。船のフロントガラスに弾痕が走る。

「頭下げといて。流れ弾に当たったら目も当てられない」

むう、とベティが唸る。抗議の視線が送られる。彼女の方も、無難な旅路になるとは思っていなかっただろうが、こうも出足から事件が起こるのは本意ではないらしい。

しかし、カインはいくらか安心している。相手方のスピードはそれほど速くない。射撃も威嚇程度だ。恐らく、誰かから拉致するよう指示でも受けていたのだろう、ベティを傷つけないように手加減している。

「実はね、今回は僕と君を旅行会社のパックで申し込んでるんだ」

「ええ、そうでしたけど、それが何か？」

「さっきの観光船と同じく、旅行会社の保険を引き受けてるのはダフトン社だよ。旅行客が旅先で事件に巻き込まれて怪我を負った場合、その保険金を払うのはヤツらってこと」

「それって、向こうは無理な行動ができない、ってことですか？」

「だろうね。船に傷がつくくらいならともかく、もし旅行客の誰かが怪我でもすれば、さすがに莫大な保険金を支払う羽目になる」

カインの予測通り、モーターボートで逃走を開始してから、後方につける襲撃者の追撃の手は緩んでいる。たまに威嚇するように銃を撃ってくるが、どちらかと言えば、見失わないように追ってきているだけ。

だからカインには、いくらか余裕があった。

「とても綺麗だ」

ふと横を見て、そんな言葉を漏らせば、席でうずくまるベティが恥ずかしそうに顔をそむけた。

「変なこと言わないでください」

「違うって。風景の話。こんな状況でも、あの海岸線の美しさは変わらない、って」

カインが向かい風と白い飛沫の中で、遠く緑の木々と白い建物が連続する海岸の街を見据える。どういう訳か、隣のベティから抗議の手刀が飛んでくる。

なんだか、リジーの対応に似てきた。ベティが彼女に影響されたのか、それとも自分と付き合っている内に自然とそうなるのか。カインは自問しつつ、モーターボートのハンドルを切った。

「このままサレルノに入りたいけど、いや、どうかな」

カインが前方に視線をやる。左方の崖は途切れ、青い空の下、山の裾野に巨大な港町の姿があった。白い建物が太陽の光を反射する。湾内には埠頭が築かれ、無数の船が停泊しているのが見えた。

「カイン、あれ！」

モーターボートが波を切る中、ベティが遥か前方を指差した。

埠頭から現れた無数の船が、カインたちの行く手を阻むように湾内に展開していく。その内の一隻、小型のクルーザーの上部に黒服の男たちが集まっている。

「そうだな、素直には通してくれないよな」

クルーザーの上部デッキに集まった数人が、それぞれサブマシンガンを構え、カインたちに向けて撃ってくる。前方の海が断続的に飛沫を上げていく。

「な、なんですか、あれ！　卑怯ですよ！」

カインがさらにハンドルを切り、埠頭に向かう進路を改めた。

「あれはカモッラだな」

「カモッラ？」

「ナポリの犯罪組織だよ。ギャングみたいなものさ。つまり、モーガンが取引するような相手ってこと」

さすがに土地勘のあるカモッラ相手となると、ロンドンのギャングのように手玉に取るなどということはできない。カインは意を決し、逃げ場所を求めてモーターボートの速度を上げていく。

「ねぇ、カイン。あっちって砂浜じゃないですか」

「そうだな」

船のスピードは緩めない。レバーは全速。海は次第に浅くなり、紺碧の水が鏡のように太陽を照らす。

「砂浜に乗り上げる。で、後は必死にダッシュだ」

「え、ええ？　無茶ですよ！」

ベティの抗議も無視し、カインはレバーから手を放して彼女の体を抱き寄せた。全速のままに、モーターボートは砂浜へと向かっていく。轟音を響かせて突っ込んでくる船を見て、浜辺で遊んでいた人々が悲鳴を上げて左右に散る。

「ちゃんと掴まっててくれよ！」

カインが最後にハンドルを大きく切った。船は波を蹴り上げ、無人となった砂浜を裂いていく。飛沫と砂埃を巻き上げつつ、大きく振られた船体が砂浜の屋台に向かう。

「信じられない！」

耳障りな音と衝撃。摩擦によって焼けた砂の有機的な臭い。横倒しになって減速した船は屋台を粉砕し、中空に破片と砂が舞っていく。

なんとかモーターボートが止まった辺りで、カインが早々にベティの体を抱えて這い出してくる。白いジャケットは所々で破れてしまったが、ベティの方はしっかりと体を抱き留めて無事だった。

「カイン、貴方――」

なんとか体勢を立て直して砂浜に立ち上がるベティが、先に立ったカインへ向けて不満そうな視線を送る。

そこでカインが何気なく手を上げる。どこかのタイミングで飛んでしまっていたのだろう、ベティのかぶっていた帽子がヒラヒラと舞い落ちてくる。

「ま、無事なら良かった」

眩い陽射しの中、カインが無軌道に落ちてくる帽子を捕まえ、それをベティの頭へと優しくかぶせた。

もはや抗議する意志も起きないのか、ベティは帽子を両手で深く下げて顔を隠し、先を行くカインに向けて手を差し出した。

未だ後方の海ではモーターボートの音。いずれ彼らが砂浜か埠頭の方から至れば、逃げ場はなくなる。それまでにどこか安全な場所を見つけて身を隠すしかない。

そうして、カインがベティの手を引いて一歩を踏み出したところで、頭上から拍手の音が聞こえてきた。

思わずカインが見上げると、砂浜に突き出たバルコニーの上に人影があった。海辺のレストランに何者かがいる。

「実に鮮やかな逃げ方だね――」

黒いスーツに、顔を覆う頬髭。ブルテリアのような、のっぺりとした、それでいて獰猛そうな表情。

「カイン・〝ファニー〟・ヴァレンタイン！」

太陽の光を浴びて、モーガン・バクスターがカインたちを見下ろしていた。

「モーガン！」

その声を無視し、モーガンは海上に向けて手を振った。それを合図として、背後に迫ったモーターボートの音が遠ざかっていく。どうやら危機は去ったようだが、それ以上に厄介な相手が目の前にいる。

「良い画が撮れたと思うよ」

「どういう、ことかな？」

カインの疑問に、モーガンが優雅に微笑んでみせる。

「実はね、観光船の会社がプロモーション用の映像を探しててね。今回は突発的な撮影だったんだが、君を付き合わせてしまって申し訳ない」

「なるほど、そうやって丸く収めるつもりか」

モーガンが皮肉めいた表情を作る。

これがモーガンのやり方だ。以前にカインがペルー沖で仕掛けたものと同様、観光船の襲撃は飽くまでショーの一環であるとし、乗客たちに安心と興奮を与えた。

乗客は被害を訴え出て、ダフトン社に保険の請求をすることもなく、これからも安全な旅を続ける。

「ここで見逃してくれるってことは、まだ色んな策がある、ってことかな?」

「君が何を言っているのか解らないが、我が社も入念な準備をしてきたことは伝えておこう」

モーガンが不敵に笑い、またカインも頭上の敵を見上げて笑みをこぼした。

「それより、紹介したい人物がいるんだ。そちらのお嬢さんは、良く知っている方かもしれないが」

その言葉に、それまでカインに付き従っていたベティが顔を上げる。

モーガンが背後へ手を伸ばした。それを受けて、バルコニーに新たな人影が現れる。

「ご紹介しよう。ヴィクター・スピラ氏だ」

のっそりと現れた人物は、脆い柵に手を置いて、こちらを悠々と見下ろしてくる。ベージュのジャケットの中年男性。たくわえた口ひげを撫でながら、濃い眉毛を吊り上げて、重たい視線を送ってくる。

「ヴィクター、叔父様……」

ベティが不安そうな声を出す。

「久しぶりだね、ベティ。元気そうで何よりだ」

その言葉に貫かれたように、ベティは体を震わせ、怯えた様子でカインに寄り添ってくる。今ここに、ベティの瞳を狙う男が二人とも揃った。実にくだらない大人の事情で、彼女の人生は掻き乱された。それを思い、カインは自身の袖を引くベティの手を強く握った。

「お会いできて光栄です、ヴィクターさん」

ここで声を上げたカインに、ヴィクターは胡乱げな視線を向ける。

「貴方の大事なベティは、ここまで僕が守ってきました。これからも無事に守ることを約束いたしますよ」

明らかな挑発に、ヴィクターはフンと鼻を鳴らして応(こた)える。憎々しげに見下ろしてから、背後を向いて去っていく。それを見たモーガンも立ち去ることを選び、もったいつけるような調子で体を返した。そして最後に、一度だけ振り返って不気味な笑顔を見せた。

「良いゲームを。ヴァレンタイン君」

「そちらこそ」

ロイズのプレイヤーたちが、互いに最低限の礼儀を交わした。

4

「やっぱり私、叔父様のこと嫌いです！」

そう言って、ベティがベッドに身を放った。

「僕としては、予想通りの人物で与し易いけどね」

カインがスーツケースを押して部屋に入ってくる。ベランダの外から西日が差し込む。傾き始めた太陽に照らされ、ティレニア海が黄金の色に染まっていた。

「それにしても、随分と大荷物じゃないか」

カインが部屋の隅に置いたスーツケースを叩いた。ホテルの方に送っていた荷物をフロントで受け取ったのはいいが、ベティの分は度を越した量だ。

「いいじゃないですか。レディの荷物は多いんです」

ベティはワンピース姿のまま、ベッドの上で足をばたつかせる。出会った時こそ、おしとやかな少女かと思えたが、今となってはリジーに次いで厄介なワガママ娘だ。

カインが小さく溜め息を吐き、ベランダの方へと歩み出る。

白い街並みに夕日が差し、所々に深い影を作っている。夕凪が訪れ、水面は何とも穏やかだ。どこかでカモメが鳴き、街角で演奏されるロマ音楽の愉快な響きが聞こえてくる。風光明媚な土地。このホテル・スピアッジャ自体も、白い外壁の美しい歴史あるホテルだ。さすがに近代的なホテルには負けるが、要人が滞在先として選ぶというのも頷ける。

そして、目的の人物であるレフ・カガノヴィチも泊まっている。彼はサレルノ大学での学会の後、夕食会に出て、夜が更けた頃に帰ってくるはずだ。

既にレフ医師にアポイントも取ってある。ロンドンの仲間と計り、即席ながら諸々の手はずも整えた。宿泊客の身元も検め、万難を排して今日に臨んだ。それでもモーガンのことだ。様々な手段でこちらの裏をかいてくるだろう。

ふとカインが振り向くと、ベッドの上でうつ伏せになって何か書き物をしているベティの姿が目に入った。

「何をしてるんだい?」

「これですか? アリスさんから暇つぶしに、って渡されたクロスワードパズルです」

「潰せるくらいの暇があればいいけどな」

カインがそう言うと、ベティが心底つまらなそうに顔をしかめた。

「どうしよう、せっかく沢山漫画持ってきたのに」

「あの大荷物はそれか……」

カモメの鳴き声と共に、大きな溜め息が一つ。

太陽が沈んだあたりで、カインがサレルノの街に繰り出す。

まさしく夕食時だ。街の通りには人が溢れ、それぞれが楽しげに石畳の上を歩いて行く。

「本当に良かったのか」

カインが背後に視線を向けると、後ろを歩くベティが神妙な面持ちで頷いた。

「大丈夫です。私もレフ先生に会わないといけないんです」

「それなら、いいが」

カインがレフ医師と会う段になって、突如としてベティが同行を申し出てきた。危険を考えて断ろうかとも思ったが、それまでと雰囲気を違えた彼女の言葉に思うものがあって、カインは渋々ながら共に行くことを許可した。

「改めて言うけど、咄嗟の時に僕が守れるのは一人程度だ。もしかすると、君に危険が及ぶかもしれない」

「承知の上です」

素直に頷くベティに対し、カインは頭を掻いた。この場合、優先して守るのは彼女の方で、なんとなればレフ医師の方が危険に晒される可能性がある。それも踏まえて、カインはなるべく人通りの多い道を選んで歩いていく。

海沿いの通りには瀟洒な造りのレストランが並んでいる。空は既に暗いが、この場所は愉快な音楽とオレンジ色の灯りに満ちている。車道を何台もの車が通り過ぎ、歩道では観光客がお喋りしながら行き交う。

やがて一軒のレストランに辿り着くと、カインは迷わずにテラス席の方へと向かう。白布のひさし(オーニング)の下、アンティーク調のランタンから漏れる黄色い光が石畳の方まで溢れていた。

見れば、テラス席の一つに一人の老紳士がいる。白いテーブルクロスの上で組まれた枯れ木のような手。灰色のジャケット姿、白髪を短く整え、深い彫りの奥で黒い瞳を輝かせている。

「ドクター・レフ?」

カインが尋ねつつ、老紳士の横へと並ぶ。

「そうだ。君がロイズの保険調査員か?」

頷きを返し、レフ医師の対面に腰掛けようとする。その際、後ろに控えていたベティの姿が彼の目にも入ったようだった。

「エリザベスお嬢様」

驚きの表情を浮かべ、レフ医師がそこで硬直する。対するベティは優雅に首を傾げてから、レフ医師の肩を抱いて頬を寄せる。

「お久しぶりです、レフ先生。十年ぶりですか」

「驚いた。本当にお嬢様がいらっしゃるとは。いや、大きくなられましたね」

ベティの姿を見るや、それまでしかめ面だったロシア人の医師は、途端に相好を崩してはにかんだ。

「失礼しました。正直に言って、またお嬢様の名を騙った詐欺かと思って、随分と警戒してしまいました」

レフ医師が申し訳なさそうに顔を伏せ、次いでカインの横に座ったベティに視線を送った。

「ネイサン様が亡くなられてから、お嬢様の名を出して私と会おうとする者が多かったものでして」

「大方、ロイズのダフトン社の人間でしょう。ご心配なく。僕は彼らと敵対する側なので」

そう伝えると、ようやくレフ医師も信用してくれたのか、ウェイターを呼んで、新しく入れたワインをカインに振る舞ってくれた。

危険な賭けではあったが、これでベティを同行させた意味も出てくる。

「先生、心配しなくていいですよ。カインは何度も私のことを助けてくれたんです」

ミネラルウォーターの入ったグラスを手に、ベティがレフ医師に微笑みを送った。そのまま二人の間で昔話に花が咲き、やがて話題はベティがロイズの保険を受けたことに移り変わり、カインに守られてここまで来たことが伝えられた。

「そうでしたか。それは、大変な目に遭われましたな」

レフ医師はそこで言葉に詰まり、顔をしかめて涙を流し始めた。

「本当に、本当に申し訳ありませんでした……」

その様子にカインが奇妙なものを感じ、ふと横を見ればベティも悩ましげに顔を伏せている。

「ドクター、僕は貴方に確かめたいことがあって、このサレルノまで来ました。教えてください。何故、彼女の瞳に一億ドルもの保険金が掛けられたのか」

「それは——」

レフ医師は言いよどみ、何かを確かめるようにベティの方へ視線をやった。対するベティは少し考えていたようだが、それでも毅然とした態度で前を向く。

「構いません。カインは心から信用できる人です。どうか、貴方の口から伝えてください」

「それでは」

ベティからの許しを得て、レフ医師は観念するように目を伏せた。

「お嬢様の瞳に掛けられた一億ドルの価値、それを保証したのは、この私です」

「ええ、ロイズの六つのシンジケートと協議して、保険価額を定めたと聞いてます」

「ロイズのアンダーライターも、お嬢様の瞳の価値を正しく判断し、一億ドルもの金額を算出したのです。何故なら、彼女の瞳には保険市場を大きく変えることになる、貴重な能力があったからです」

貴重な能力。

レフ医師は確かにそう言った。そして意を決したように、彼はジャケットの内ポケットから一枚の紙を取り出した。

「これは今日、まさにサレルノの学会で使った資料の一部です」

カインはレフ医師から紙を受け取り、その内容を検めていく。医学のことは門外漢だが、学会のテーマの通り、いわゆる万能細胞と再生医学についての発表に関するものだと解った。

「私の専門は、多能性幹細胞を使った再生医学です。簡単に言えば、体細胞から新たに人体の組織を形成し、それを移植して病気を治す治療法です」

「ニュースか何かで見た覚えはありますよ」

カインの頷きに、レフ医師は複雑な笑みをもって応えた。

「結論から言えば、私の所属する研究チームは非常に高度な再生医療を実現しました。眼球内の網膜細胞を再生することに成功し、それを移植し、視機能を回復させたのです」

レフ医師が過去を省みるように、わずかに目を伏せる。

「お嬢様は生まれつき視力が弱く、その網膜再生手術を受けたのです。一般人では到底払えないような費用がかかりましたが、スピラ家がバックにいたことで実現できました」

「手術を受けた、という話はライラから聞いたよ。確か、五歳の頃だったとか」

　カインがそう伝えると、ベティは素っ気なく「そうです」とだけ答えを返した。対するレフ医師は言葉を選んでいるのか、顔を手で覆った。

「確かに手術は成功し、お嬢様の視力は回復しました。しかし、ある意味では手術は失敗していたのです」

　含みを持たせて、レフ医師は苦しそうにそう呟いた。

「失敗した？」

「お嬢様の瞳は、五色型色覚（ペンタクロマト）なのです」

　五色型色覚。聞きなれない言葉だったが、その意味は十分に推測できる。そして、その答えを想像してカインは思わず眉を寄せた。

「それは、彼女が一般の人間とは別の色覚を持っている、という意味ですか？」

「ええ。お嬢様は、網膜内の錐体（すいたい）細胞が受容する色の数が違うのです。普通の人間ならば三色型、稀に四色型もいますが、五色型を持っている人間は、恐らくはこの世でお嬢様ただ一人です」

　カインが改めてベティを見つめる。その銀色の瞳の奥では、今も多くの人が暮らす世界とは別の色の世界が広がっているのか。

「待ってくださいドクター。確かに彼女の瞳が貴重なのは解るが、だからといって、そこまで――」

「いいえ。本当に重要なのは、その五色型色覚によって何が見えるか、なのですよ」

レフ医師は顔を覆っていた手をどける。厚い瞼（まぶた）の下で、黒い瞳が狙いをつける猛禽類（もうきんるい）の如く輝いた。

「その瞳は、人の寿命を見ることができます」

その言葉には、思わずカインも言葉をなくし、気分を落ち着けようとワインに口をつけた。

「突拍子もない話だと思われるでしょう。私もそう思います。ですが、これが真実なのです」

「いや、にわかには信じられない。いくら人と違う色覚を持っていようが、それで人の寿命が解るなんて」

カインの疑問を制するように、レフ医師が首を左右に振る。そして彼も一口だけワインを含んだ後に、教え子を諭すように優しい声音を作った。

「かつて、ソ連ではキルリアン効果という現象が研究されていました。これは物質から放出されるコロナ放電を、特殊な機材によって可視化するものでした。今では生体電磁気（バイオエレクトロマグネティックス）という分野でも研究されていますが、ようは人間の細胞から放出される電気のことです。もっと解りやすく言えば、いわゆる人間のオーラです」

「オーラだって?」

「そうです。お嬢様は人間が発する電気の色、オーラの色を見ることができるんですよ」

それを聞いて、カインが思わずベティの方を見やった。彼女は両手を膝にやり、ただ耐えるように座っている。銀色の瞳が、どこか悲しげに潤んでいた。

「人間の生体電磁気は、その生命活動が弱ると独特の色を放つそうなのです。しかし、これは私たちでは判断のつかないことです。何と言っても、お嬢様に見えている世界の色は、私たちには見ることができないのですから」

カインが訝しむように、ベティの瞳を見つめている。

「本当なのか、ベティ」

その問いかけに、ベティは小さく頷きを返す。

「本当、です。でも、信じてなんて私は言いませんよ」

何かを諦めたような、寂しげな少女の微笑みがそこにある。それを見て、カインは言葉ではなく、ただ優しく笑ってみせた。

「私の眼は、人の命の終わりを見る眼です。私の見ている世界が、他の人が見ている世界と違うことは証明できません。それでも、私にはそれが解ってしまうから」

ベティの瞳がカインを捉える。オレンジ色の灯りが入った銀色の瞳孔は照り輝き、夜空の月よりも美しかった。

「ミスター・ヴァレンタイン。この秘密を知っても、貴方はお嬢様の命を守ってくれますか？」

ふと投げかけられた疑問に、カインは怖気づくこともなく、ただ真っ直ぐにレフ医師の方を向く。

「もちろん。それが〝最高の誠意〟ですから」

その答えにレフ医師は安心したのか、これまで見せたことのない朗らかな笑みを浮かべる。そして老紳士は話を終えようと、ワイングラスを傾けた。

その瞬間、カインは横の通りを駆ける黒いセダンを目にした。

咄嗟に身を捻り、カインがベティを抱いて椅子から飛び退いた。そして一手、その反応が遅れた。

黒いセダンはカインたちの横でスピードを緩め、それと同時に窓から不気味に手が伸び、消音器付きの拳銃によって凶弾が撃ち込まれた。

鈍い破裂音の後、テーブルから落ちたグラスが割れる。ワインが飛び散り、その後に赤い飛沫が白いテーブルクロスを染めた。

「ドクター！」

テーブルの下で、ベティを庇ったままのカインが顔を上げた。レフ医師は椅子に腰掛けたまま、胸を手で押さえていた。灰色のジャケットに赤黒い血のしみが広がっていく。周囲の人々が気づくより早く、黒いセダンは早々に現場を走り去っていく。

カインは歯噛みし、周囲の人々に向けて声を上げた。苦悶（くもん）の表情を浮かべるレフ医師は体勢を崩し、そのままテラスの床に身を投げ出す。背後のベティは震えながらも、差し迫った表情で彼のそばに寄り添った。

「先生、先生！」

ベティが血に染まった枯れ木のような手を取った。カインは周囲を警戒し、新たな襲撃がないことを確認してから、その横に膝をついた。

「ドクター、僕がいけなかった。貴方を危険に晒すことになると解っていながら」

騒ぎが大きくなる中、カインがレフ医師に顔を寄せる。厳しいあの顔が、今や青ざめ、消え入りそうな声を漏らしている。

「いい、いいんだ」

呻きながら、レフ医師が弱々しく言葉を紡ぐ。

「お嬢様、私は、死にますか？　貴女の眼で視てください……」

「いいえ、ドクター！　貴方は死なない、まだ輝きがあるから！　貴方は死なない！」

ベティの必死の呼びかけが、夜の街にこだまする。周囲に人々が集まり、悲鳴と怒号が重なり合っていく。やがて遠くから、店の者が呼んだのだろう、救急車のサイレンが響いてくる。

ざわめきの中、ベティの瞳から零れた涙が、老紳士の指先に降りかかった。

5

病院からホテルに帰ってきた時には、既に夜半を過ぎていた。

カインは自室に荷物を置いた後、ベティの泊まる部屋を訪ねる。二度のノックに反応もなく、仕方なくドアを開けば、暗い部屋の中に彼女がいた。

ベランダから吹き込む夜の風にカーテンが揺れる。ほのかな月明かりと街の灯が、部屋の輪郭を薄ぼんやりと形作る。ベティは一人、窓辺の椅子に腰掛け、例の暇つぶしのクロスワードパズルに没頭しているようだった。

「暗いところでやると、眼が悪くなるぞ」

「ご心配なく。言ってませんでしたけど、私って夜目が効くんです。これも手術の効能です」

「教育上よろしくない」

そう言って、カインはベッド脇のスタンドライトに手を伸ばす。しかしライトを点ける直前、ベティの頬を伝う軌跡に気づき、そのまま静かに手を引いた。

「レフ医師は、一命をとりとめたようだね」

「そうですね」

「上手い具合に銃弾が貫通したのが良かったらしい。とはいえ、高齢のレフ医師の体力が持てばいいが」

「大丈夫ですよ」

やけにはっきりと言い切るベティに、カインはいくらか訝しげなものを感じ取る。何気なく顔色を窺うと、薄明かりの中で彼女は優しく微笑んでいた。

「あの時、先生の命の色を視たんです。嘘じゃなくて、本当に輝きは残ってました。だから、先生は死なないはずです」

「そうか。なら、君の瞳を信じよう」

カインもまた、窓辺の椅子に腰掛けてベティと対面する。

「君の瞳の秘密、ようやく知ることができた」

「ごめんなさい。私が隠していたせいで」

「まぁ、いきなり言われても信じきれなかったかもしれないけどね。おっと、嘘だ。僕は君の言うことなら何だって信じるよ」

カインがおどけた声を出すと、ベティもそれを見て顔を明るくさせた。

「本当にごめんなさい。もっと早く、貴方を信じて話していれば良かったです」

「訳があったんだろう？」

「そうですね。不安だったんです。私の眼の秘密を知って、貴方がお父様のように変わってしまうんじゃないか、って」

「変わった、って、君のお父上が？」

ベティは膝の上にペンを置いて、カインを真っ直ぐに見つめてきた。

「十年前、私は網膜再生手術を受けました。その時は単純に、スピラ家で出資してる研究成果の確認と、哀れな子供を助けるために必要な手術でした」

でも、とベティは続け、悲しそうに顔を逸らした。

「ある日、私は年老いた使用人を視て、その人が間もなく死んでしまうことを言い当てたんです」

「それで、お父上は君が人の命を視ることができると気づいた」

「はい。それからも家に来た人や、別の使用人の寿命を、私は次々と言い当て、お父様は私の力を確信したらしいんです」

それは少女の稚気だったのだろう。何気なく人と違う色を持った人間を疑問に思い、それを父親に伝えていく。すると、その人物は程なくして命を落としていく。

「そしてお父様は、私を社交界に連れ出しました。お父様は私に多くの人々を紹介し、後になって誰がどれくらいまで生きるかを尋ねてきました」

「それは――」

「そうですね。きっと利用したんだと思います。お父様が最初に始めた事業は生命保険で、富裕層を相手にした高額の保険でした。お父様からすれば、私の力で寿命の少ない人が解っていたのですから、何一つリスクのない事業だったと思います」

思わずカインが唸った。

それこそがネイサン・スピラが社交界で成り上がった秘密だ。彼は娘の瞳を使い、他人の寿命を推し量り、それを利用して事業に利用した。生命保険、証券事業、様々な場面で死にゆく者に取り入り、あるいは利用し、そういった人々の地位を奪っていった。

人の寿命を知ることができる邪視。彼女の父親こそ、それを利用した魔術師だ。

「私はまた、この瞳を利用されたくなかったんです」

銀色の瞳に月の光が入った。

彼女は他人の死の色を視ることができる。寿命を司る天使サリエルの瞳。そして同時に、彼女の瞳が無二の価値を持っていた理由も、ロイズの災厄になると言われていた理由も解った。

彼女が人を視れば、その生命の終わりまでの時間が大まかに解る。それを悪用すれば、生命保険の概念が根本から崩れ去る。死に向かう人間を利用し、莫大な利益を上げることができる。ネイサンのような実業家にとっても、ロイズという保険市場にとっても、彼女の瞳が持つ力はあまりに重要だ。

それこそが一億ドルの瞳の正体。

「なるほどね。それなら、君が言いたくなかった理由も解る。でも安心してくれていいよ。今更、僕は君の瞳を利用して成り上がろうなんて思わない。地位も名誉も興味がないからね」

カインが肩をすくめてそう言うと、ベティはどういう訳か寂しげに笑った。

「それって、カインが長生きしないから、ですか？」

その問いに、思わずカインは息を呑み、眉を寄せてベティの表情を窺った。彼女の視線を真っ直ぐに受け止める。

「もしかして、僕の色も視えてるのかな」

「ええ。最初から、ずっと貴方の色を知ってました。きっと何か大きな病気を抱えているんですよね」

「肺ガンだよ。余命一年」

カインがこともなげに言うと、問いかけてきたベティの方が顔を覆った。すすり泣く声が聞こえた。

「ごめんなさい、ごめんなさい……。私は、初めて貴方を視た時から、そのことを知ってました。いずれ死んでしまうと知っていて、だから私は、貴方を、カインのことを利用したんです」

それは告白だった。

あのペルー沖の船上で出会った時、既に彼女はカインの寿命を視ていた。そして、その命が長くないと知って、自分の身を守る人間として選んだ。もしも瞳の秘密がバレたとしても、なるべく影響の少ない相手として。

「私は……、お父様と同じです。他人の命を利用して、自分を守ろうとしたんです。とても卑怯な人間です」

嗚咽を漏らし、なおも泣き続けるベティに対し、カインは椅子から降りて彼女の前で跪いた。

「卑怯で結構。僕も存外に卑怯な人間だ」

カインがベティの腕に手を伸ばす。口元を覆っていた彼女の手を取り、その手に優しく触れた。

「ここで僕も、僕の秘密を君に伝えよう」

「そんな……、なんです、急に」

「前に君は、僕をキザな人間だって言ったね」

「え、言ってませんよ！」

「ああ、ごめん、それはライラの方だったか。まぁいいや、とにかく僕はキザでクサい台詞を吐く人間なんだけど、元からこんな人間だった訳じゃない」

そんなカインからの告白に、ベティは「そうなんですか？」と意外そうに目を丸くさせる。

「そうとも。数年前まで、過労死上等の日本人ビジネスマンだった。付き合いも悪いし、友達も少ない。無口で真面目な社会人の鑑だったよ」

「その言い方がキザなんです」

「まぁまぁ。とにかく僕は面白みもない人間でね、それがある時に余命数年だと言われる訳だ。さすがに応えるね。真面目に生きてきたはずなのに、どうして死ななくちゃいけないんだ、って大荒れさ」

「それで、カインはどうしたんですか？」

いつの間にか、ベティがカインの話に聞き入っている。瞳に涙は溜まっているが、表情は明るいものになっていく。

「そこで僕はね、子供の頃からの夢を叶えることにした。真面目に生きるのを止めて、昔から大好きだったアクション映画の主人公のように生きようと決意した」

「ああ……」

「おいおい、残念な人を見るような目線はなしだよ。いいじゃないか、格好いいだろう？こういう生き方」

ここでようやく、ベティの顔に笑みが戻った。淡い光を受け取って、アッシュブロンドの髪が風になびく。桃色の頬を伝う雫も、次第に冷えていく。

「もしかしてカインって、私と同じくらいオタクなんですか？」

「否定はしないよ。アクション映画オタクだ」

カインが笑うと、ベティもまた声を上げて笑った。

カインは彼女の手を握ったままに立ち上がり、ふと外へ視線を移す。風に乗って漂う臭いに、異質なものが混じっている。どうにも胸がざわめく。

「そんなアクション映画オタクからの忠告なんだけど」

「なんですか？」

「僕が映画に出てくる敵だとしたら、そろそろ仕掛けるかな」

その直後、階下から爆発音が響いた。

第四章

"Lloyds"

ロイズ

WORLD.INSURANCE

Presented by KATSUIE SHIBATA

Illustrated by SHION

1

ホテルの廊下を数人の男が駆け抜けていく。

ナポリ語で罵声が飛び交い、白シャツに黒いチョッキを着た男たちは拳銃を構えつつ各部屋を検めていく。悲鳴が漏れ、罪もない宿泊客が部屋から連れ出されていく。

男たちが去った後、カインが掃除用具の詰まった納戸から顔を覗かせる。その胸に頭を置いたベティが、不安げに暗い廊下に視線をやった。

「あれ、なんですか？　カモッラ、でしたっけ」

小声で尋ねかけるベティに、カインが複雑な表情をみせる。

「いや。あれは多分、南イタリアの独立を訴える過激派だ。上手い具合にカモッラと手を結んだのかもしれないが」

「どうしてまた、こんな時に」

「こんな時だからさ。サレルノ大学での学会で、世界的な著名人が集まったホテルだ。襲撃して人質にでもすれば、牢屋の中にいる仲間を解放させられる――」

そこでカインが嘲笑するように息を吐く。

「っていう筋書きかな」

「違うんですか？」

「タイミングが良すぎるよ。これも多分、君を狙ったダフトン社やヴィクターの手引きがあったからだ」

ベティが露骨に嫌な顔を浮かべ、口の中で小さく「ごめんなさい」と呟いた。

「君が謝ることじゃない。悪いのは間違いなくモーガンやヴィクターの方だ。過激派を焚きつけてホテルを襲わせ、そのついでに僕らを拉致しようっていう魂胆さ」

「さっきの爆発は？」

「大方、東欧の過激派グループから横流しされたセムテックス爆弾だろう。武器だけは一丁前だが、動き自体は素人まるだし」

カインが廊下の左右を見回し、人の動きがないことを確認して歩み出る。ベティの手を取り、赤い絨毯の上を早足で駆けていく。

「あの、早く警察を呼んだ方が」

「ダメだね。どうせヴィクターが手を回してる。カモッラが背後にいるなら、地元の警察は頼れない」

「それじゃあ、どうすればいいんですか」

「まずはホテルから脱出しよう。彼らはここに立て籠もって、政府や何やらと交渉する腹積もりだろう。だから占領が完了するより早く、僕らは外に逃げ出し、外にいる仲間と合流する」

「仲間がいたんですか？」

「ロイズは世界を相手にした保険市場だからね。各地に支部があるし、至るところに保険調査員を派遣してる。今回なら、君の保険を引き受けた六つのシンジケートが協力してくれてるよ」

カインは廊下を走りつつ、曲がり角に差し掛かるごとに足を止め、携帯端末を手にして外部と連絡を取っていく。六つのシンジケート、そしてロイズに残してきたリジーだ。

「さて、そろそろ階段だけど」

カインが声を潜める。薄暗い廊下の先でナポリ語での話し声が聞こえてきた。階段近辺に人を充てて移動を制限しているらしい。

「これ以上は隠れて進むのは無理だな。少し行ってくるから、君はここで待っててくれ」

ベティが何か言うより早く、カインは廊下を進み出て、階段の方へと悠々と歩いていく。

男が二人、階段の手前で楽しげに話し合っている。

「すいません、何かのイベントですか？」

あえて拙い英語で声をかけた。それに気づいた男たちが、カインへ向けて拳銃とサブマシンガンを構える。呑気な観光客を装うカインに罵声が飛び、男たちは威嚇するように声を荒らげた。

「これは何ですか？　オモチャですか？」

カインがわざとらしく、男の持つサブマシンガンを指差した。男たちは怒りの声を上げ、それぞれ銃を構える。カインはそれに怯むこともなく、手前の男が構えたサブマシンガンの表面をベタベタと触っていく。いよいよ困惑した男たちが、どうしようかと顔を見合わせる。

その刹那(せつな)、カインがサブマシンガン上部のレシーバーを握り、男の腕ごと思い切り捻り上げる。男が声を出すより早く、その向こう脛に鋭い蹴りを二発、瞬時に膝をつかせる。

もう一人が声を上げる。焦って拳銃を構えるが、その最中に乾いた音が響く。サブマシンガンが天井に向けて銃弾を放った。

その直後、照明のシャンデリアが粉々に砕け、破片が男たちへと降り注ぐ。それを見逃さず、カインは手前の男をもう一人に向けて押し出す。二人の体が重なったところで、その胴体に蹴りを一つ。男たちが階段下へ転がっていく。

「はい、終了」

踊り場で倒れ込む男たちを見下ろした後、カインは背後に視線を送る。すると、すぐさまベティが駆け寄り、カインの方を心配そうに見上げてくる。

「どうしてカインが強いのか、今なら解ります。貴方って、死んでも良いや、とか思って行動してるんですね」

「褒めてくれてる？」

「違います。もっと命を大事にしろ、って怒ってるんです」

カインがベティに向けて微笑み、彼女の手を取る。そのまま階段を降ろうとするが、踊り場のあたりで階下から騒がしい声が聞こえてきた。どうやら、先の銃撃で襲撃者が集まってきたらしい。

「逃げ道を考えないとな」

踊り場の横に小窓がある。それを開けて確認すれば、隣の建物との間に太いダクトが横に通っていた。あれを足場に使えば、外壁部の非常階段まで至ることができる。

「ベティ、先に行ってくれ」

カインが窓を広げ、ベティを抱え上げる。足の方から窓へ通し、彼女の腕を支えて慎重に外へ下ろしていく。

「ちなみに、ここって何階でしたっけ」

「五階と四階の間」

「聞かなければ良かったです」

なおも騒がしい声が迫ってくる。窓の向こうにベティの頭部が出たあたりで、下方から発砲音が聞こえた。敵の一人がカインを見つけ、警告もなく撃ってきたようだ。実に教育が行き届いていない。

「ベティ、大丈夫か？」

「大丈夫です。早く、カインも！」

階下に人が集まる。銃撃が続き、カインの近くを弾丸がかすめる。コンソールテーブルに置かれた花瓶が割れ、壁に穴が空いていく。

カインは窓に潜り込むように体を通し、窓枠を支えに一気に外へと躍り出る。それと共に温い風。建物同士の隙間から、暗い街並みが見えた。視線を移せば、ダクトを足場に慎重に横へ伝うベティの姿がある。細い建物の間を夜風が吹き抜け、彼女の白銀色の髪が大きく翻る。

「カイン！」

及び腰のまま、ベティが必死に手を伸ばしてきた。縦に延びる細いダクトを摑みながら、彼女が勇気を振り絞って立っている。

「もう少しだけ辛抱してくれよ、ベティ」

カインが背を壁につけながら、横歩きで彼女の方へと近づいていく。窓の向こう、ホテルの中から声が響く。窓枠から男の顔が覗き、それに対してカインは足を伸ばして顎先を蹴り上げる。

それが気に食わなかったのか、踊り場の方に陣取った襲撃者たちが、小窓の内から手だけを伸ばしてくる。その手に握られた拳銃が、狙いも定めずに乱射される。

「きゃあ！」

不安定な体勢のまま、カインがベティの方へ大きく横へ一歩。彼女の体を庇った。

その時、外壁に跳ね返った銃弾がダクトに命中した。

「突然だけどベティ、このホテルの保険は我が社で引き受けたんだ」

「本当！　突然過ぎます！」

「いやね、その時に一通り、このホテルの構造とか老朽化してる箇所とかの情報を知ってね」

「だから、何なんです？」

そこで突如、ガクンと二人の体が沈み込んだ。足場であるダクトが嫌な音を立てて歪んでいく。

「確か、外のダクトが古くなってたから改修予定だったな、って」

そう言った直後、鈍い破裂音と共にダクトが沈んだ。最後の一点、足場を支えていたビスの片方が外れ、ダクトは軋みながら何もない中空に放り出された。

「ベティ！」

カインが揺れ動くダクトを踏み越え、少女の体を抱きとめる。

一点だけ残った支えを中心に、ダクトが振り子のように地面に向かって落ちていく。鉄の管が向かいの建物の壁に当たった。カインが片手でベティを抱え、もう一方の手をダクトに巻きつける。鉄が外壁を擦る嫌な音が響く。斜めに落ちていくダクトを伝って、カインとベティもまた路地へ落下していく。

ぐわん、と鉄板がたわむ音が路地に響く。舞い上がったゴミが周囲に散乱していく。

「ベティ、大丈夫かな？」

路地裏に設置された収集用ゴミ箱、その天板を歪ませ、内部の生ゴミに体を突っ込んだカインが微笑んだ。

「無事です……でも」

カインの体の上で、少女が不機嫌そうに髪についたゴミを取り払った。

「もう二度と、貴方と旅行には行かないって決めました」

「そういう台詞好きだよ。映画っぽいから」

二人が身を起こし、路地裏を駆けていく。頭上からは怒号と銃声。

ゴミの散らばる乱雑な通りを踊るように踏み進み、それと共にカインがジャケットの内からインカムを取り出して耳へ。片手でベティの手を引き、もう一方に携帯端末を握った。

「リジー、聞こえてる？」

『聞こえてまーす。相変わらず派手に逃走中のようで』

「まぁね。それでさ、さっき送ったと思うけど、襲撃してきた相手の身元とか分かる？」

二人が路地裏を抜けて裏通りに入った。左右にはシャッターの閉まった家々と、グラフィティの描かれた古いコンクリート塀。架線で吊られた街灯の薄明かりが、路上駐車の群れを照らし出す。

『ダフトン社と最近になって契約したイタリア人を中心に探せば良かったんですよね？』

「そうだ。カモッラはともかく、過激派連中の多くは一般人だから情報もオープンだろう」

『じゃ、合ってますね。それっぽい数人をリストにしたんで、そっちで確認してください』

直後、カインの携帯端末にリストの入ったファイルが送られてくる。走りつつ、カインは片手でそれを開き、中身を確かめていく。

「どうするつもりですか？」

背後につくベティが息を荒くしながら尋ねてくる。少し振り返れば、辛そうな顔を浮かべる少女と、さらに後方から慌てたような男たちの声が聞こえてくる。

「少しね。それより、一度休んだ方がいいかな？」

足を止め、ベティが不安そうに背後を確かめる。ホテルの裏口から出てきた数人の男たちが、左右に散って走っていく。

「いいえ、安心はできません。もう少し頑張ります」

「最近のお嬢様はアクティブだね」

そう言って、カインはベティを連れてさらに裏通りを駆けていく。人通りの絶えた道は淡い街灯に照らされ、アスファルトの陰影が波打つように広がっていく。

「さっきの質問の答えだけど」

カインは携帯端末で一通りの情報を確かめ終え、背後のベティに語りかける。

「ダフトン社はマフィアや過激派の資金洗浄として保険を使ってる。だから、契約そのものはでっち上げみたいな馬鹿げた内容のものが多いんだ。カジノで胴元が負けた時の保険とか、クロスワードパズル雑誌が出題をミスした時の補償金の保険とかね。そこを逆手に取るのさ」

「それでどうなるんですか」

「単なる嫌がらせ。無駄に保険金を支払わせて、ダフトン社の体力を削り、これ以上僕らと戦うのは不利益だと思わせる」

「具体的に何をするんです？」

通りの左方に工事中のマンションが見えた。くすんだ外壁を覆うように、鉄骨で組まれた足場があった。

「例えば、そうだな。背後を追ってくる男の背の低い方、彼はこんな保険を掛けてるらしい。工事中の足場からペンキが落ちてきて、仕事ができなくなった時の保険」

言いながら、カインはベティから手を離し、足元に落ちていたロープを掴み取る。そのまま鮮やかにターンを決めて、足場の細い柱に巻きつけた。

「で、こんな風にする」

背後から男たちが追ってくる。彼らとの差が数メートルまで縮まったところで、カインは手にしていたロープを思い切り引き寄せた。

ガラン、と甲高い音を響かせてマンション横に組まれた足場が崩れ去る。足場に置かれていたペンキ缶が空を飛び、男たちの頭上に鮮やかなライトグリーンの雨が降りかかる。

「ほらね」

「嫌がらせの天才ですね」

結果を確かめた後、カインは再びベティを連れて通りを駆け始める。背後からは、現代アートに作り変えられた男たちが崩れた足場の下で怒りの叫びを上げている。

「次行ってみよう。もう片方は無人の車に轢(ひ)かれた際の保険だ。実に馬鹿げてる」

そこで二人は通りを曲がり、大通りに向かう坂道を登っていく。カインは路肩で路上駐車している車に目をつけ、その脇で足を止める。

カインはポケットから取り出したアタッチメントを携帯端末の下部に取り付け、勢いに任せて車のサイドウィンドウを叩き割る。けたたましい防犯用ブザーの音が通りに響く。

「な、なんですか、ソレ?」

「車が水没した時にガラスを割るための小型ハンマー。こんな仕事をしてると、車ごと海に沈められることも多いしね」

「本当、長生きしてくださいね」

ブザー音が鳴り響く中、カインが車に腕を差し入れ、シフトロックを解除し、さらにサイドブレーキを下げる。ゆるゆるとタイヤが動き始めたのを見てから、後方に回ってリアバンパーの辺りを押し出すように蹴る。

「ざっとこんな感じかな」

停車中だった車は短い坂道を下り始め、次第にスピードを上げていく。追ってきた男たちが角から飛び出してきた瞬間、無人の車は質量とスピードを込めて彼らに衝突する。

「痛そうだけど大丈夫だろう。そんな急な坂じゃないし」

「黙っててあげましたけど、犯罪ですからね」

「緊急避難ってやつさ」

呆れ顔のベティと得意げなカインが坂道の中ほどで立っている。しかし余裕の状況という訳でもない。カインはベティの手を引いて、さらに坂道を上へと走り出す。

「後は大通りまで出れば、仲間と合流できるかもしれないが」

そう呟いた矢先、坂の上、大通りに入る手前に人影が現れる。一人、二人……。次第に増えていく影。それぞれ手に武器を構え、下から来るカインたちを見下ろしている。

どうやら何人かが先回りして退路を塞いでいたらしい。カインは坂の途中で足を止め、上から来る集団と後方から迫る追手を確かめた。

「少し、暴力的な手段に出るしかないかな」

与し易い背後の二人組の方を向き、カインが一歩、古武術の歩法で足を進めた。

しかし、途端にその足が止まる。

「カイン？」

その背で少女が不安そうな声を出す。同時にカインは呻き、胸を押さえた。

「参ったな、無茶をした」

胸に激しい痛み。どうやらここに来て、体の方が先に悲鳴を上げたらしい。カインは大きく咳き込み、その場に膝をつく。なおも男たちは近づいてくる。下から、そして上から。

「ベティ、一人で逃げられる？」

カインの弱々しい声に、ベティは何度も首を左右に振った。髪が広がり、甘い香りが漂う。少女は足をついたカインの横で膝をつき、その肩に手を置いた。

「一人で逃げるより、もっと卑怯なやり方があるはずです」

泣きそうな声でベティが訴えかける。カインは額についた冷や汗を拭うと、そのまま路地に体を落とした。

周囲に男たちが集まってくる。

カインが意識を失う直前、最後に見たのは、彼を庇って男たちに立ち向かうベティの姿だった。

2

カインが目を覚ましたのはホテルの一室だった。

夜明け前だ。照明もなく、カーテンの向こうから青く薄明かりが透けている。

手に触れるものがあった。指先に絡む柔らかく小さな手。思わずそちらに視線をやると、ベッドの横で膝をついたベティが心配そうにこちらを見ていた。

「おはよう、酷い悪夢を見た」

「夢だったら、良かったんですけどね」

ベティが小さく振り返る。部屋の扉の横に二人組の男がいる。白いシャツに黒いチョッキ、手には拳銃。どうやら過激派はホテルを順調に占領したらしい。

「まぁ、生きてるだけ上出来さ。もしかして、君が助けてくれたりした?」

ベティが沈痛な面持ちで頷く。意識を失う直前の彼女の姿が、カインの脳裏で蘇る。

「交渉を持ちかけました。叔父様の名前を出して、話がしたいって言って、なんとか」

ベティが辛そうに首を振る。その交渉の対価は、言わずもがな、彼女の瞳だろう。こうして切り抜けられたのは幸運だが、その先に待っているものが幸福なはずはない。

「迷惑をかけたね」

「本当です。でも、今までの迷惑よりは気楽です」

ベティが微笑み、カインもまた半身を起こしつつ笑った。

その様子に気づいたのか、ドアの前で立っていた男の一人が拳銃を構えて近づいてくる。無言のまま背後を示し、部屋から出るように訴えてきた。

「素直に従った方がいいだろうな」

カインはベッドから身を起こし、ベティを連れて部屋を出る。前と後ろに一人ずつ男がつき、その内の一人は油断なく拳銃をカインの腰に当てている。

ホテルの廊下を通る中、カインは左右の部屋を確かめていく。ちょうど一階の客室がある並びだ。開けられたままのドアの前に、一人ずつ過激派のメンバーが立って番をしている。その横を通り過ぎる際、自然な振る舞いで部屋の中に視線を向ける。中にはおよそ六人程度の人質、それらが一階だけで十部屋分。過激派のメンバーも多くはないらしく、この規模の人質を集めるので手一杯のようだった。

その過激派のメンバーにしても、よく見れば至って普通の人間らしい。普段は近所の商店で土産物でも売ってそうな中年男性から、ひ弱そうな青年まで。中には早朝の襲撃が体に応えるのか、情けなくあくびを漏らす男もいる。

そこでカインの腰に銃が強く押し付けられる。さっさとしろ、とのお達しだ。

鼻から息を漏らしつつ、カインとベティは男たちと共にエレベーターに乗り込む。目指すは八階、このホテルの最上階だ。

「多分、叔父様と話すことになると思います」

エレベーターの中で、ベティが小声で伝えてくる。

その言葉の通り、エレベーターを降りると、カインたちは男らに誘導されて奥の部屋へと通される。ホテル・スピアッジャの誇るスイートルーム。

部屋に入るなり、景気の良いシャンパンボトルの開く音が聞こえた。

明るい照明の下、ホームバーの横で中年男性が開けたばかりのシャンパンをグラスに注いでいく。その数は二つ。

「おはよう、カイン君」

部屋の主、ヴィクター・スピラが口ひげの下に笑顔を作る。視線を寄越し、後ろに控える男たちを下げさせた。無抵抗の人間に二人も割けるほど、人員は潤沢ではないようだ。

三人だけの室内。穏やかなクラシックが流れる中、ヴィクターは悠々と歩み寄り、手にしたシャンパングラスをカインに差し向ける。

「一つ乾杯といこう。契約成立の前祝いだ」

グラスを受け取りつつ、カインは横に立つベティを見やる。彼女は悔しそうに拳を握り、耐えるように下を向いている。

「話が見えませんね」

「彼女から聞いていないのか？　まぁ、君が起きたら、すぐに案内するように言ってあったからな」

ヴィクターはグラスをこれ見よがしに傾け、余裕たっぷりに部屋を覆う大きなカーテンの前へと歩いていく。

「ベティは私に協力すると言ってくれた。君が寝ている間に、その瞳の秘密も話して貰った。以前にネイサンがしたように、彼女は自身の瞳を使って、私が気にかけた人物の命を視てくれるそうだ」

その言葉にカインは小さく唸り、ベティに視線を送る。その小さい肩が悔しさに震えている。

「本当なのか」

「はい。でも別に私は構いません。それで叔父様の助けになるのなら」

カインがヴィクターへ視線を返す。スピラ家の男は、勝ち誇った表情でグラスに溢れる気泡を眺めていた。

「最初に訂正しておくが、カイン君。私は別にベティを憎く思ってる訳じゃない。一億ドルの保険金にも興味はない」

「なら何故、彼女をここまで狙う」

「そういう契約だったからだ。ダフトン社が引き受けたのは、ネイサンの死後三年以内にエリザベス・スピラの視力が失われる、そのことに対する履行保証保険だ。だからモーガンは、その履行に心血を注いでいた。死んでも死ななくても、とにかく彼女の瞳が使えない状態にする、と」

「それは、貴方が仕向けたことじゃないのか？」

「いいや、違うよ」

ヴィクターの澱んだ瞳が、絡め取るようにベティを見据える。

「ダフトン社と契約したのは、ベティの父親のネイサンだ」

その事実はベティにとっても予想外だったのか、彼女は弾かれるように顔を上げ、何かから逃げようと小さく後ずさる。

「お父様、が……？」

「そうだよ、ベティ。君の瞳を奪おうとしたのは、ネイサン自身に他ならない」

ベティは足をもつれさせ、カインのジャケットの裾を強く摑んだ。表情はみるみるうちに暗くなり、今にも泣き出しそうな悲痛なものに変わっていく。

「嘘です」

「嘘じゃない。ネイサンは君の瞳を利用してのし上がった男だ。スピラ家の恥さらしだった彼が、君という金の卵を産むガチョウを手に入れたんだ」

ヴィクターの表情は真剣なものだ。カインもその真実の暴露を疑いかけたが、優位に立っている状況で嘘を吐く必要はない。

「ネイサンは、ロイズの人間に君の瞳の価値を認めさせた。そして、その後になって、契約書類にサインをしたアンダーライターたちを次々と暗殺していった。この世から、君の瞳の秘密を知る人間を全て消そうとしてね」

「そんなの、嘘です！」

ベティが叫び声を上げる。カインは何も言わず、自身にすがりつく彼女の肩を抱いた。

「ネイサンを嫌いたくない気持ちも解るが、これもアイツなりの愛情表現だったんだろう。君を利用するのは父親である自分だけでいい。その瞳の秘密が漏れれば、それ以上の被害が君に及ぶ、そう考えたんだ」

その指摘は間違ってはいない。現に、今もこうしてベティの瞳を巡って、幾度となく事件が起こっているのだから。

「ネイサンはロイズの人間を始末する一方、ダフトン社とも契約したんだ。つまり、自分の死後に君の能力が他人に悪用されないよう、その保険として君の瞳を奪うことを依頼していた」

ヴィクターの言葉に、ベティはただ震え、何度もその意味を飲み込もうと息を吐く。白く細い首を通るのは、あまりにも苦い毒の真実。

「全部、お父様のせいだった」

吐息が漏れる。銀色の瞳が涙に曇り、その輝きを失わせる。

それは全ての答えだった。

ネイサンは娘の瞳を利用し、その地位を得たが、死した後には他人が自分と同様の利益を得ることを拒んだ。ベティが何者かに利用されるくらいなら、いっそ死んでしまっても良い。それは娘に対する独占欲であったとも言えるし、歪んだ愛か妄執であったとも言える。

ネイサンとダフトン社の保険契約を相続したヴィクターは、モーガンが引き受けた保険の履行に手を貸していただけ。

そしてモーガンはロイズの人間として、保険契約者たるネイサンとヴィクターに対し〝最高の誠意〟でもって応えた。

カインは胸に沸き起こる、吐き気にも似た薄暗い感情を押さえつけ、ただヴィクターを睨んだ。ベティの肩に手を添え、彼女の体を自身の背後に隠した。

「それで、貴方はネイサンがダフトン社と結んだ保険契約を改めたいという訳だ」

「そうだよ。私はベティの後見人として、ネイサンの保険の一部も相続している。だから保険を解約できるのも私だけだ」

ヴィクターが笑みを作る。優しく、慈悲深く。

ここで彼に従えば、ベティは命を狙われることもなくなる。しかし、それと同時に彼女は以前と同じように利用されることになる。その瞳で他人の命を視て、それこそヴィクターとスピラ家に大きな利益をもたらすことだろう。

「もちろん、断ってくれてもいいんだ。私はベティの瞳の価値を知っているが、ネイサンほど地位に執着しない。そんなものが無くても十分にやっていける。この取引は、君たちを救いたい一心で持ちかけているんだよ」

それは、ある意味で事実なのだろう。

本当にヴィクターがベティの瞳を求めていたのなら、彼女が命の危機にあったのを見過ごしはしない。逆に彼女が命を落とせば、労せずに一億ドルの保険金が手に入る。彼にとっては、ベティが生きようが死のうが、どちらにしろ得にしかならなかったという訳だ。

「それでいいのか、ベティ」

カインが振り返れば、その背にすがるベティが小さく頷いた。

「貴方が、それで助かるなら……」

「なんだ、僕のことを考えてくれてたのかい？」

その答えに、カインが安堵の表情を浮かべる。

「泣かせてくれるね」

もしもベティが積極的にヴィクターに従うというのなら、それも甘んじて受け入れようかと思ったが、どうやら本心は違うらしい。

それなら遠慮する必要もない。

「ヴィクター氏、契約の前に一つ確かめさせてください」

「どうぞ」

カインが仰々しく首を動かし、ベティの肩から手を引いた。片手をズボンのポケットに入れ、その中にある物に指を這わせる。

「話を総合すると、今の貴方の考えはダフトン社の方針とは離れたところにあるようだ。その点について、モーガンはなんと？」

「些細なことだ。モーガンは所詮、ただのアンダーライターだ。契約者の私がノーと言えば、それに従うしかない」

「つまり、この状況にモーガンは関わっていないんですか？」

ヴィクターが億劫そうに肩を竦めた。忌々しげに顎髭を撫でてから、シャンパングラスを一息に呷った。

「あの男なら既にロンドンへ帰ったよ。私の方から暇を出した」

「ああ、なるほど」

その答えに、ヴィクターは不満そうに顔をしかめる。

「いや、失礼。もしもモーガンがいたなら、こんなお粗末な状況は作らないと思って」

「何が言いたいんだ」

「貴方がモーガンを放り出したんじゃない。モーガンが貴方を見捨てた、ってことですよ」

あからさまな挑発を受け、ヴィクターが目を見開く。カインたちに向かい、強く一歩を踏み込む。その衝撃に絨毯が大きくたわんだ。

「君は、立場が解っているのか」

「それは、こっちの台詞さ！」

カインが大きくシャンパングラスを掲げる。

「ヴィクター氏、さっきから階下で騒がしい音がしていること、気づいてないんですか？」

「何を――」

ここで勝利の笑み。カインが力強くベティの肩を抱く。

「乾杯(サルーテ)！」

掛け声と共に、カインがグラスを床に向けて傾ける。淡い金色の液体が絨毯へと流れ落ちる。

直後、背後のドアが力強く左右に開かれた。

タクティカルベストを着込み銃器を手にした一群。彼らはスイートルームへ殺到すると、間断なくその銃身をヴィクターへ向けた。優位に立っていたはずの男が、無数の銃口に晒される。

「なんだ……」

「ご説明しましょう。貴方はご存知ないかもしれないが、ロイズには誘拐専門の保険会社があるんですよ。被保険者が誘拐された際、その救出、交渉を担うシンジケートで、そのメンバーには各国の元特殊部隊員、民間軍事会社の社員がリクルートされています」

ヴィクターの顔が歪んでいく。悔しさに眉が吊り上がるも、情けなく両手を上げた。

「ベティの保険を担った六つのシンジケート、その中でヒースハンディ社は、この誘拐保険専門のシンジケートでした。この場に集まってくれたのも、欧州で活躍する民間軍事会社の社員さん方だ」

カインが手を伸ばし、スイートルームに居並ぶ者たちを示した。カーテンコールに演者を紹介する座長のように。

「ベティ、彼らこそ君の瞳を守ってくれる仲間だよ」

背後のベティにカインがウィンクを送る。少女は泣き笑いの顔で、力強く白いジャケットの裾を握った。

「なんだこれは、この状況はなんだ！」

「だから貴方はモーガンに裏切られたんですよ。彼がいたなら、この状況も早々に回避できていた」

カインが首を振ると、民間軍事会社のメンバーが二人、ゆっくりとヴィクターの方へと歩いていく。至って紳士的に、彼の両手を取り、後ろ手にして拘束した。

「我が社はこのホテルの保険を担ってました。その契約の際に、ほんの少し特殊な条件を付け加えました。今日、このホテルに彼らを宿泊させること。もちろん、偽名と仮のプロフィールでね」

「それじゃあ、まさか」

男二人に拘束されたまま、ヴィクターが憎々しげに呟く。

「いかにも！　彼らは最初からホテルに泊まっていたんです。不幸な過激派のメンバーは、自分たちより遥かに専門的な軍事訓練を受けたプロフェッショナルたちを、そうとは知らずに人質にしてみせた。あとは僕が状況を確認し、合図を送り、ほぼ同時に行動を開始した」

カインがズボンのポケットから携帯端末を取り出す。連絡先はロイズの方でオペレーターを務めてくれたリジー。彼女はホテルの状況をモニタリングし、適切なタイミングで民間軍事会社の兵士たちへ指示を送っていた。

カインの手で光る携帯端末を見て、ヴィクターが力なく頭を垂れる。敗北を悟ったのか、男たちに抱えられながら、とぼとぼと歩んでいく。

「カイン君」

ふと、脇を通る際にヴィクターが顔を上げた。カインが彼を見下ろす。その表情に、不自然な笑みがある。

「非常に癪(しゃく)だが、モーガンは私より優秀だったらしい」

「それは、ロイズに帰ったら伝えますよ」

カインの答えに、ヴィクターが口を開けて笑う。毒気を吐き出すように、酒臭い息が届く。

「モーガンはこうなることも予測していたんだろう。私は見捨てられたのかもしれんが、彼自身はまだ君に負けた訳じゃない」

ヴィクターがそう言った直後、ホテルの階下で轟音が響いた。

爆発音。建物全体を揺らす衝撃。

3

断続的に爆発音が続く。

思わずカインがベティを庇ったのと、ヴィクターが背後の男たちに体当たりをかましたのは同時だった。

「ヴィクター！」

カインが顔を上げた時、ヴィクターは拳銃を突きつけていた。それまで自分を拘束していた兵士から奪い取ったらしかった。

なおも衝撃は続き、爆発音は次第に大きくなっていく。シャンデリアが揺れ、天井から埃が散っていく。

「過激派の連中に命じて、このホテルの地下に爆弾を仕掛けておいた。起爆のスイッチは、私か過激派の誰かから送られる信号が三分間以上途絶えた時だ。これもモーガンの入れ知恵だよ」

ヴィクターは拳銃を構えたまま、ゆっくりと後方へ下がる。民間軍事会社の兵士たちを退け、廊下へと進み出る。

階下からの爆発音は続き、ホテル全体を大きく軋ませる。古い建築物だ。そうそう耐えられるものではない。

「そいつらを使って避難でもさせるんだな。普通の人質もまだ下に残ってるだろう」

ヴィクターが高らかに宣言し、笑い声を残して廊下の奥へと消えていく。

ベティを庇ったままのカインは去りゆくヴィクターの背を見送った後、民間軍事会社の人間に向けて一度だけ頷いた。それを合図に、兵士たちは迅速に行動を開始していく。ヴィクターの言う通り、このホテルに残った人たちの避難を優先しなくてはいけない。

ホテルの揺れが酷くなる中、スイートルームから廊下へ、廊下から階段へ、兵士たちが素早く移動していく。

「ベティ、彼らと一緒に行け」

階下へ向かう兵士の一人に少女を預ける。ベティは不安そうにこちらを見つめてくる。

「カインは？」

「こっちでも指示を出す。心配しなくていい」

カインもまた携帯端末を手に、その先にいる人物に声をかける。

「リジー！」

『解ってますって！　こっちで指示すればいいんですよね。既に下に残ってる人たちと連絡取ってます』

階下に残った一般客の人質、過激派のメンバー、そして民間軍事会社の社員。それぞれの動きを把握し、有効な避難ルートを作り上げていく。

カインは廊下の左右を確かめ、ヴィクターが走り去った方向に体を向ける。廊下の先には屋上へ続く非常階段がある。恐らく、そこから外へと出たはずだ。上か、下か。この状況なら逃げるのに下へ向かうだろうが、しかし。

「後で合流しよう。僕はまだ一仕事残ってる」

カインが後方のベティに微笑みを向け、そのまま脇目も振らずに駆け出した。

廊下が左右に振れる。大地震に巻き込まれたようだ。掛けられていた絵画は落ち、飾られていた陶器は割れていく。無残に崩れゆく建物の中、カインがヴィクターの後を追う。

非常階段から外に出れば、清冽(せいれつ)な朝の空気が吹き上げてくる。黎明(れいめい)の色、東にある山の稜線に太陽が掛かる。ティレニア海が遥か彼方で黄金色に染まり始めている。

「ヴィクター！」

冷たい鉄階段を登り、屋上へと向かう。

この事態はあらかじめ決められていたものだ。事が終われば、過激派のメンバーごとホテルを爆破する。証拠は残らず、場合によってはカインもベティも不幸な被害者として、朝のニュースで名前が読み上げられていただろう。そういった状況を作り出したヴィクター・スピラは、事前に逃げる手はずも整えていたはずだ。

それは、不安定な階下ではなく、上に。

「ヘリでも待っているんですか」

カインが屋上に出れば、立ち並ぶ排気設備の間でヴィクターが空を見上げていた。

「さっさと逃げれば良いものを。どうして私を追ってきた」

ヴィクターは勿体つけるように、カインに拳銃を向ける。

「貴方がまだベティの保険を解約していないからですよ。ここで逃がせば、貴方はまたモーガンないし、もっと厄介な相手と組んで彼女を狙う」

「だろうな。興味がないといえば嘘になる。それまで考えもしなかった幸運が舞い込んで来て、それが目の前で攫われたんだ。未練が生まれた。この未練を作ったのは君だぞ、カイン君」

ホテルが揺れる。全てが壊れようとする中、排気ファンは一定の動きを続けていた。やがてそのファンの動きに同期するように、遠くで響く音がある。

ヴィクターが音の方へ視線をやる。カインも横目で確かめれば、水平線の向こうに黒い影がある。それはローター音を響かせてホテルへ近づいてくるヘリコプターの姿だった。

「そろそろ時間だ。私はここを去り、君はここで死ぬ。それで終わりだ」

ヴィクターがカインを睨みつける。力も持たない中年男性とはいえ、さすがにスピラ家を取り持つ人物だ。警戒心は人一倍、思ったよりも隙を見せない。

その時、カインの背後で鉄階段を駆け上る音が聞こえた。

「カイン！」

声の主が必死の叫びを上げる。対面のヴィクターが動揺し、表情を変える。それはカインもまた同じだ。

「ベティ、どうして来た」

振り返れば、そこに髪を振り乱し、膝に手をやって息をつく少女がいた。顔を上げ、真っ直ぐにカインを見つめてくる。

「あそこで貴方を置き去りにしたら、スピラ家の名折れです！」

その言葉に、思わずカインが口笛を吹く。

「だそうだよ、ヴィクター氏。彼女の方がよほど名家に相応しい人物のようだ」

煽るカインに対し、ヴィクターは鼻を鳴らして拳銃を構え直す。

「馬鹿な真似を。ベティ、こっちに来なさい。このまま倒壊に巻き込まれて死にたくはないだろう」

「叔父様」

ベティは意を決し、カインの横に並び立つ。もはや不安も恐れもなく、自信に満ちた表情でヴィクターを見据えた。

「私の瞳に掛けられた保険を解約してください。でなければ、ここで私は死にます。誰かの手で無残に殺されるかもしれないというのなら、私は自分の意志で死にます！」

ヴィクターから不機嫌そうな舌打ち。精神を落ち着かせたいのか、何度も顎髭を触り、やがて力任せに何本か髭を毟り取る。

「カイン君、君は本当に厄介な男だ！　そんな小娘のために、一体どれだけの費用を掛けた？　単なるビジネスだろう。どこに利益がある。それとも、君もベティを利用するつもりの人間なのか？」

「まさか！　僕は彼女を利用するつもりなんてない。その点については、信じて貰えてると思うけど」

カインが高らかに言い遂げれば、横のベティも微笑んでそれに応えた。

「費用についてはご心配なく。ベティから受け取る予定の保険料分で、全部支払える程度ですよ。まぁ、黒字にはならないでしょうが」

それよりも、とカインが続け、その口元に笑みを浮かべる。

「僕は彼女を助ける。それは彼女が僕と契約したからだ。保険契約者を守ることこそ、ロイズの〝最高の誠意〟ですよ」

ヴィクターが言葉に詰まり、怒りに任せて引き金に指をかける。その瞬間、カインもまたジャケットの内から拳銃を取り出して突きつけた。

「失礼。実はさっき仲間に融通して貰いましてね」

カインとヴィクター、二人の銃口が互いに向き合う。

「撃ちたければどうぞ。その瞬間、僕も貴方に向けてこの銃を撃つ」

そう言いながら、カインは一歩、また一歩とヴィクターに向けて歩を進める。その距離が近づく。ヴィクターは歯噛みしつつも、体は硬直したまま、ただカインに狙いをつける。

「同時に撃った時、どちらが死ぬか賭けましょうか？　二人とも死ぬ場合も考えておきましょう。さぁ、どうしますか。ヴィクター！」

「馬鹿にするのもいい加減に――」

その時、遠く山の稜線から太陽が顔を覗かせた。陽の光が最初の一線を越える。サレルノの街から夜が去り、黄金の朝が訪れる。そしてヴィクターは見たはずだ。太陽の光を受けたベティの表情。その銀色の瞳が映すものを。

「やめろ」

ベティが一歩を踏み出す。その輝く瞳は真っ直ぐにヴィクターを見つめていた。

「視るな、ベティ。私を視るな！」

「残念ですけど、叔父様」

朝焼けの中、ベティが天使の微笑みを作る。

「貴方の命の輝き、既に消えてるようです」

ヴィクターが唇を震わせて呻いた。恐怖に怯え、小さな肩がびくりと痙攣（けいれん）した。

その隙を見逃さず、カインは大股で一歩。足の動き始めを見せない歩法——縮地。刹那の間合い。ヴィクターの懐に半身を入れ、顎先に鋭い突き上げを食らわせる。

ヴィクターの体が小さく浮かび、それと共に腕を取って硬い屋上へと落とす。

情けない悲鳴が辺りに響いた。

「これで、詰みってやつだ」

カインが勝利を宣言するのと同時に、ベティがたどたどしい様子で近寄ってくる。その顔は晴れ晴れしいが、どこか申し訳なさそうに眉を下げている。

「あの、叔父様？　さっきの、嘘ですからね」

ベティが悪戯を告白するように、小さく舌を出して笑ってみせる。

ヴィクターは彼女を見て、ついに反抗する気力を失ったのか、大きな溜め息を吐いて体を屋上に投げ出した。カインは彼の腕を押さえつつ、振り返ってベティに笑顔を向ける。

「君も、ずいぶんと嘘が上手くなったな」

「カインの真似です」

二人して笑うと、ホテルの上にヘリコプターが近づいてくる。イタリア警察でも使われるアグスタ社の機体だ。耳障りなローター音と強風に晒されつつ、ヴィクターは一度だけ顔を上げようとした。

「ちなみにだけど」

埃が舞い上がる中、ヘリから降下用のロープが降りてくる。カインは片手でそのロープを引いて、搭乗者に合図を送る。

「よう、カイン。どんな調子だ！」

ヘリの音すら凌駕(りょうが)する大声。上を向けば、ヘリのキャビンから大男が手を振っている。朗らかな黒人男性の笑顔。そこにいたのは、ウィスクム社のランディだ。

「あのヘリも我が社で押さえてあるんですよ。最初から勝負にならなかったようで」

ヴィクターが何か言おうと歯を剝いたが、それも諦めたのか、力を無くして、再びコンクリートの上に体を放った。

その時、ホテル全体を揺るがす轟音が響いた。屋上が大きく傾き、あちこちが崩落していく。カインは顔をしかめ、ベティがその肩にすがりついた。

「どうやら、いよいよ崩れるらしい」

カインがベティの華奢な体を抱き寄せ、手早くロープを腰に巻き付ける。一刻の猶予もない。屋上に亀裂が走り、派手な音を響かせて周囲が崩れていく。

「ランディ！」

カインが叫ぶと、ロープがベティを連れてするすると上がっていく。

「カインも来てください！」

少女が必死に手を伸ばす。カインは小さく微笑み、それを見送った。降ろされたロープの残りがどんどんと短くなっていく。

「ヴィクター氏、最後の交渉をしましょう。ベティの保険を解約してくれ。そうでないと、僕はここで貴方を見捨てることになる」

その取引に対し、ヴィクターは苦しそうに目を瞑った後、覚悟したように頷く。

「ああ、そうだな。保険は解約だ」

答えを聞いた瞬間、カインはヴィクターの体を抱えてロープを摑んだ。ヘリのキャビンへと上がっていくロープの最後の先端を腕に巻きつけ、地面から足を離す。

「リジー、今のは聞こえてたかな！」

カインが叫ぶと、ジャケットの内ポケットから声が届く。

『もちろん。ばっちりと録音もしたのでご心配なく。こっちで解約の手続きを済ませちゃいますよ』

それが、ウィスクム社の勝利の時だった。

カインはロープに吊り下げられつつ、大きな声で笑い始めた。まさにその時、それまで足元にあったコンクリートが崩れ大穴を作る。ホテルは内側に巻き込まれるように次々と破片を落下させ、轟音と共に無数の瓦礫へと変わっていく。倒壊した時に巻き上がった砂埃が視界の全てを覆う。

『あと、人質と民間軍事会社の人、それから過激派の人たちも避難済みなんで、安心してくださいね』

「上出来だな！」

砂埃が肺を傷つけるが、笑わずにはいられない。カインたちを吊り下げたまま、ヘリがどんどんと高度を上げて空へと飛んでいく。

そして視界が晴れた。

山の端を越えて、赤い太陽が空に現れる。オレンジの屋根と白い外壁の輝くサレルノの街並み、遥か広がる紺碧の海は赤銅色の波をまとった。それらを眼下に、カインは深く息を吐いた。

「カイン！」

ロープが巻き上げられ、無事キャビンに入ると、先に助け出されたベティが抱きついてくる。背後でニヤつくランディと、脱力してうなだれるヴィクター、二人の視線などお構いなしだ。

「無事で何より。そして、これで終わりだ」

カインが告げると、ベティが涙を流して何度も頷いた。

「しかし、ホテルが壊されたのは痛いな。あの保険もウチが支払うんだよな。今回はダブトンと相打ち、ってところか」

「あ、そうだ。それなんですけど」

億劫そうに頭を掻くカインに対し、ベティは何か思いついたのか、その耳元に囁きかける。

「――ってことがあったんですけど」

「ああ、なるほど」

ベティからの情報に、カインは底意地の悪い笑みを浮かべた。対する少女の顔には満面の笑み。銀色の瞳、そこに溢れた涙に朝日の輝きが入る。

この笑顔にこそ、一億ドルの価値がある。

4

カインがロイズに帰ってくると、時を待たずして最上階のオフィスへと通された。

普段は意識することもない、企業としてのロイズ。その最高経営責任者として、一人の女性がいる。ロイズ評議会メンバーにしてシティの諮問委員会メンバー、そして大英帝国勲章叙勲者という肩書を持つ彼女が、ソファに対面するカインを慈悲深く見つめている。

パトリシア・レッドグレイヴ。彼女こそ、ロイズの女王だ。

「おかえりなさい、カイン・ヴァレンタイン」

短い白髪。老齢に差し掛かるはずだが、肌の照りは彼女の自信の表れの如く白く美しい。

「大変な仕事をこなしてきたようですね」

「よくある仕事です」

その言葉に、同席していたオリバーが吹き出した。さすがに今日はきちんとしたスーツに身を包んでいるが、銀のネックレスと鮮やかな髪色だけは隠しようがない。

「マーム、この男は馬鹿なのですよ。自分が関わった事態が、ロイズ全体にどれだけ影響を与えていたか考えてない」

オリバーが何度もカインの肩を叩く。馬鹿と言われるのは問題ないが、自分より輪をかけて馬鹿げた上司に言われるのは納得がいかない。そうした思いを込めての、抗議の微笑みだ。

「ロイズの人間は誰もがそうです。個人としてのアンダーライターが、総体としてのロイズを作る。自由と発展、保守と停滞。これらを行き来しながら、それでもロイズは前へと進むのです」

パトリシアの穏やかな笑みが、どこか恐ろしいものに見えてくる。まるで学生時代だ。

職員室に呼ばれ、担任から褒めているのか叱っているのか解らない言葉を投げつけられる。

「いずれにしろ、カイン。貴方はある意味でロイズを守り、ある意味でロイズに危機を招き入れたのです」

そこでパトリシアは視線を鋭くさせた。言葉の意味を噛み締め、カインは重々しく頷いた。

「一億ドルの瞳を持つ少女、彼女の詳細は私も知りません。それが被保険者との契約ならば、他の誰かが知る必要はないでしょう。ですが、彼女を巡って大きな対立が起こったことは知っています。そして、今回は貴方たちが勝利した。そうですね？」

彼女からの問いに、カインとオリバーが揃って頷く。

「ならば、貴方たちはロイズを守ったのです。相手は、あのモーガン・バクスターでしょう。彼の思うままに事が進んでいたら、ロイズは危機に陥っていたかもしれません」

ですが、と彼女は言葉を続ける。その目が厳しいものに変わる。

「もしかしたら、それは短期的な危機にしかならず、乗り越えることが可能なものであったかもしれない。しかし貴方たちは結果的に、リスクを抱えたまま彼に勝利した。それは取り返しのつかない長期的な危機に結びつく可能性があります。そのことについて、何か言うことはありませんか？」

これは覚悟への問いかけだ。ロイズにとって潜在的なリスクとなるベティを、これから先もウィスクム・アンド・ファイブスが担う。今のうちに手放せば、少なくともカイン一人くらいの責任で済む問題になる。

それに対し、カインの答えは決まっていたが、シンジケートとしての答えは解らない。ちら、と横を見ればオリバーは唇を上げて笑っている。彼は何も言わず、無遠慮な調子でカインの肩を叩いてくる。与えられた痛みこそ答えと捉え、カインは真っ直ぐにパトリシアを見つめ返した。

「任せてください」

カインの言葉に、彼女は小さく眉を動かす。

「被保険者の安全を守り、ロイズの名誉と威信を保つ。そのことをお約束しましょう」

そうですか、と彼女は一言。納得するように目を細め、それまでの表情を改めて優しい笑顔を作った。

「契約書類へのサインは必要ないですね。あらゆるリスクに対して保険を掛け、必ず安全を保証する。それこそがロイズのアンダーライターの在り方ですから」

パトリシアはソファから立ち上がり、その手を差し出してくる。カインもまた立ち、敬意を込めて握手を交わした。

「カイン・ヴァレンタイン。貴方にルーティーンの鐘を鳴らすことを許します。どうぞ、ロイズに帰還と安全の音を響かせてごらんなさい」

その言葉を最後に、カインとオリバーは連れ立ってオフィスを出る。冷や汗をかくことはないが、十分に肝は冷えた。あの女王を相手にするのは、さすがのオリバーも応えたのか、部屋を出るなり大きな溜め息を吐く。

「なんにせよ、君の勝利だ。これからも頑張りたまえ」

などと言って、さらに何度か背中を叩いてくる。そして別れ際に、彼はズボンのポケットにねじ込んでいた週刊誌を投げ寄越してきた。

「ほら、それがもう一つの勝利の報せだ」

そう短く言って、オリバーは手を上げて去っていく。今日もどこかで彼のライブがある。会場に集まった同年代に向けて、今再びパンクの精神を叩き込むつもりらしい。

残されたカインは週刊誌を広げ、目当ての記事を見つけてわずかに唇の端を吊り上げる。その結果を知らせるべき人物は一人。

「モーガン、モーガン・バクスター」

ロイズの二階オフィス、ダフトン社のボックスに立ち寄り、対戦者の名前を呼んだ。目的の男は一人、椅子に腰掛けて優雅にコーヒーを飲んでいた。勝利も敗北もなく、今回は痛み分けだと思っていたのだろう、カインの登場にいくらか眉を動かした。

「カイン。どうかしたかな?」

「貴方に報告があって来たんですよ。これを見て欲しい」

カインは先ほどオリバーから渡された雑誌を、またモーガンへと手渡す。そのページを開き、彼にも十分意味が伝わるように。

「ウィークリー・クロスワードだよ。クロスワードの専門誌。そこにお詫びと訂正の記事がある」

モーガンがあからさまに顔をしかめる。黒い顎髭をさすりながらも、仕草にじわじわと怒りを滲ませていく。

「先週に出たクロスワードなんだが、出題にミスがあったらしい」

「ミス？」

「そうだよ。漫画の形式を答える問題で、出題文はこうだ。『バッドシティ』や『サムライマン』などの日本漫画では――」

「それが何か？」

「貴方は興味がないから知らないかもしれないが、『サムライマン』は日本人名義で描かれたアメコミだそうだ。それが出題文のミスだよ」

怪訝な表情を浮かべていたモーガンだったが、記事の最後に書かれていた文章を見て、ようやく事態を飲み込んだらしい。彼にしても、それは予想外の一手だったのだろう。

「このミスに対して、ウィークリー・クロスワードは先週の回答を送った全員に対して懸賞金の保証を発表したよ。ミスに言及した回答者一人につき五〇ポンド。回答投稿者数の平均は十万人だから、およそ五百万ポンドの保証になるね」

　モーガンは記事を何度も読むが、次第に顔を赤くさせ、見るからに不機嫌そうに舌打ちを漏らした。

「確か、ウィークリー・クロスワードのクイズ保険は君のところが引き受けたものだろう。不幸だったね」

「まったくだ。契約書類にサインしたのは私じゃないが、とんだ不始末をしでかしてくれた」

　平静を装っているが、モーガンの心中は穏やかではないだろう。雑誌を引きちぎらんとするほど手に力を込めながらも、どうにか怒りを抑えている。

「余談だけど、そのミスを最初に指摘したのは一人の漫画好きの女の子でね。ネットで最初に告発した時の名前は質草(ポーン)だ。まさしく、これはポーンチェックメイトだね」

　その台詞の後、カインは笑みを残してモーガンの元を去る。これが詰みの一手。最後の最後で、ウィスクム社はダフトン社に対して一勝を取ったのだ。

　カインの後方、ダフトン社のボックスで怒鳴り声。電話の相手だろう、何者かに怒りをぶつけるモーガンの声がする。続けて荒々しく物を投げつける音に何かが壊れる音。その後に訪れた静寂が、モーガン・バクスターの敗北を強く印象づけた。

「さて」

カインはアンダーライティングルームを歩く。一階の中央、近代的なオフィスに築かれた古風な円形堂。そこに侍る呼出係(コーラー)の男性がカインの到着を待っている。

呼出係に笑みを向けると、彼も礼儀に則って微笑み、円形堂の中に吊り下げられた鐘へ手を伸ばす。彼の手に握られたハンマーが振り上げられ、ゆっくりと鐘を叩いた。

カン、カンと二度。その音は長く。

ルーティーンベルの響きに、ロイズの時が止まる。この鐘が鳴る時、それはロイズの取引全体に関わる事態が起こった時だ。全てのボックスで交渉は一時中止となり、ロイズメンバーが平等に情報を受け取れるように差配される。

カインは呼出係から受け取ったマイクを通じて、ロイズという巨大な市場に向けて言葉を放つ。

「ウィスクム・アンド・ファイブスのカイン・〝ファニー〟・ヴァレンタインです。以前、パーティでご一緒した方はご存知かもしれませんが、我が社では、一億ドルの瞳という大きな保険契約を引き受けていました」

水を打ったように静まり返るロイズに、カインの声がただ響いていく。

「多くのシンジケートに莫大な負債を押し付けるかもしれなかった、この案件についてご報告申し上げます」

カインがルーティーンの鐘を見上げる。古ぼけた船鐘に刻まれた細かい傷の全てが、ロイズの波乱の歴史。そして、それは今また一つ。

「この度、保険対象が安全な帰還を果たしたことをお伝えすると共に、これより先の安全を我が社が保証することを誓います」

華々しい宣言の後、アンダーライティングルームに万雷の拍手が巻き起こる。

やがて拍手の波が去れば、彼らは再び各々の利益と目的を追い求め、この市場に熱気をもたらすだろう。新たに生まれたリスクは、新たなチャンスを生む。

これがロイズだ。

エピローグ

ハイド・パークの屋外ステージでツートーン・スカが演奏されている。

サックスの陽気な旋律にトロンボーンの明るい音。ドラムがリズムを刻み、キーボードがたおやかに奏でられる。トランペットの響きが高らかに青空へ届く。

カインは芝生に腰を下ろし、楽しげな大所帯バンドを眺めている。端で演奏するのは我らがランディだ。

「ランディ先輩、ちゃんと上手いじゃないですか」

隣で座り、ドーナツの袋を抱えるリジーが、ステージ上で一心不乱にトランペットを吹くランディを見て一言。

「あら、あの方って元は音楽学校の出ですワよ」

さらにその横、一人だけ折りたたみ椅子に腰掛けるアリスが、口に手を当てて微笑む。

「ちょっと、あの人の経歴が一番解んないっすね」

何気なく会話するウィスクム社のメンバー。その愉快さが、カインには心地よく感じられる。ステージのランディもまた、まばらな観客たちの中からカインたちを見つけたらしく、見せつけるようにトランペットのソロパートを吹き上げる。

カインはただ微笑んで、穏やかな午後を彩る音楽に身を浸す。両手を上にして寝転べば、芝生の青臭さが顔にかかる。

「楽しげなステージだね」

ふと頭上に影が現れる。どこまでも高い空を背景に、シルクハットをかぶった劃が立ち、ニコニコと見下ろしてくる。

「おや、ミスター劃」

「カイン、君に新しい保険契約の話を持ってきたよ」

「そういう話はボックスでお願いしますよ。今日は休暇です」

そう言って目を瞑るカインだったが、劃の方はお構いなしに、彼の後ろで待っている人物に声をかけたらしかった。

「カイン、お久しぶりです」

その声を聞いて、カインはゆっくりと身を起こす。

芝生の上に立っている少女が優しく微笑む。アッシュブロンドの髪が揺れ、桃色の肌を涼しい風が撫でる。ドレスとまではいかないが、正装に近い薄水色のワンピースにボレロの装い。

そして、銀色の瞳に喜びの色。

「貴方に新しく保険を受けて貰いたくて」

少女はそう言って、カインの方へ向かって歩く。

「ベティ、それは君の保険かな?」

「そうですね」

彼女の返事。それと同時に、隣に立つ劃が一枚の契約書類を取り出してくる。ペンも取り出していたが、カインはそれに首を振って断りをいれる。万年筆だけは、アンダーライターとして常に持ち歩いている。

「もう私の瞳に一億ドルの保険は掛かってません。ロイズとは無関係の人間になりました。でも、できるならカイン、私は貴方と、貴方たちと一緒にいたいと思いました」

カインが劃から渡された書類に目を通す。リジーとアリスも、脇から顔を覗かせてくる。

契約書類には、この一行。

——エリザベス・スピラが退屈な思いをした際の保険。契約期間は一年間。

そのワガママな保険内容に対し、カインは苦笑いを浮かべることしかできない。

「どうです、引き受けてくれますか?」

少女が悪びれる様子もなく、やんわりと笑みを送る。

内容はともかく、未だにベティの瞳のリスクは残っている。これをウィスクム社が守り抜くのは当然の義務だ。そこに異論はない。

しかしカインは知っている。この一年という契約期間は、すなわち自分に残された命の日数だ。彼女は自分の瞳で視たカインの命に対し、そばにいることで責任を果たそうとしている。

この契約の本当の意味を知っているのは、ただ二人だけ。

「解ったよ」

カインは困ったように頭を掻いてから、いつもの通り、余裕溢れる笑みを彼女に向ける。

「この保険を引き受けよう」

陽気な音楽が空に届く中、契約書類にカインのイニシャルが、しっかりと書き込まれた。

〈ワールド・インシュランス2につづく〉

あとがき

ここではお初にお目にかかり申す、ワシが柴田勝家じゃあ！

そういう訳で、知られていればともかく、知られておられぬ方からすれば「何が柴田勝家なんだ……」と疑問に思われるところ。あいや失礼、ワシのペンネームです。なぜ柴田勝家なのかを一度説明してしまうと、これ以降、あらゆる場で毎回説明しなくてはいけなくなる気がするので、ここでは流して頂きたい。簡単に言うと好きだからです、柴田勝家が。

さて、実を言えば、あとがきらしいあとがきを書くのはこの本が初めてです。ゆえに、どれほどのテンションで書けばよいのか皆目見当もつかず、普段のツイッターでの発言程度のノリで書こうと思います。かたじけなし。

この作品の舞台はロンドン、それも保険会社のロイズです。一企業を舞台にするのは珍しいと思うのですが、これは作中でも説明した通りロイズが複数の保険会社によって構成された特殊な企業だからです。喩えるなら、商店街を舞台にしつつ一つの店舗を描いた繁盛記ものだと思ってもらえればよいかもしれません。

とにかく、ロイズといえばそういう存在なのですが、日本ではいまいちマイナーで、しっかりとした研究書も数冊しか出ていないくらいなので、なかなか解りにくい部分がありますす。なので、作中で描いたロイズは虚々実々入り混じった、近未来のロイズということになっています。

そんな近未来を描いたものなので、どこがフィクションでどこが実際にあるのか解らないかもしれません。作品として盛り上げるためにやってるんだな、と解る部分以外は実際のロイズに忠実に書いたつもりです。ただロイズは実際のことを描くだけでもフィクションに匹敵する面白さがあります。たとえば、元特殊部隊員が関わってる誘拐保険があったり、ギタリストの指や女優の笑顔に高額保険が掛けられていたり、とかです。

最後に、刊行に際しての御礼をば。素晴らしいイラストを頂きましたしおんさん、デザイナーの有馬さん、この作品を書く機会を与えてくれた編集長の太田さん、担当の平林さん、本当にありがとうございました。

そして、これを読んで頂けた方々にも、厚く御礼申し上げるのとともに、ぜひまた次の機会にお会いできることを祈っております。

二〇一八年二月　柴田勝家

本書は書き下ろし作品です。

Illustration しおん
Book Design 有馬トモユキ
Font Direction 紺野慎一

使用書体
本文――――A-OTF秀英明朝Pr5 L＋游ゴシック体Std M〈ルビ〉
見出し―――TP明朝 StdN ロー EL＋Bodoni Std Poster
柱―――――A-OTF秀英明朝Pr5 L
ノンブル――ITC New Baskerville Std Roman

星海社
FICTIONS
シ6-01

ワールド・インシュランス 01

2018年 3月15日　第1刷発行　　定価はカバーに表示してあります

著　者 ―――― 柴田勝家（しばた かついえ）

発行者 ―――― 藤崎隆（ふじさき たかし）・太田克史（おおた かつし）
編集担当 ―――― 平林緑萌（ひらばやし もえぎ）

発行所 ―――― 株式会社星海社
〒112-0013 東京都文京区音羽 1-17-14 音羽 YK ビル 4F
TEL 03(6902)1730　FAX 03(6902)1731
http://www.seikaisha.co.jp/

発売元 ―――― 株式会社講談社
〒112-8001 東京都文京区音羽2-12-21
販売 03(5395)5817　業務 03(5395)3615

印刷所 ―――― 凸版印刷株式会社
製本所 ―――― 加藤製本株式会社

ISBN978-4-06-511436-0　N.D.C913 252P.　19cm　Printed in Japan

星々の輝きのように、才能の輝きは人の心を明るく満たす。

その才能の輝きを、より鮮烈にあなたに届けていくために全力を尽くすことをお互いに誓い合い、杉原幹之助、太田克史の両名は今ここに星海社を設立します。

出版業の原点である営業一人、編集一人のタッグからスタートする僕たちの出版人としてのDNAの源流は、星海社の母体であり、創業百一年目を迎える日本最大の出版社、講談社にあります。僕たちはその講談社百一年の歴史を承け継ぎつつ、しかし全くの真っさらな第一歩から、まだ誰も見たことのない景色を見るために走り始めたいと思います。講談社の社是である「おもしろくて、ためになる」出版を踏まえた上で、「人生のカーブを切らせる」出版。それが僕たち星海社の理想とする出版です。

二十一世紀を迎えて十年が経過した今もなお、講談社の中興の祖・野間省一がかつて「二十一世紀の到来を目睫に望みながら」指摘した「人類史上かつて例を見ない巨大な転換期」は、さらに激しさを増しつつあります。

僕たちは、だからこそ、その「人類史上かつて例を見ない巨大な転換期」を畏れるだけではなく、楽しんでいきたいと願っています。未来の明るさを信じる側の人間にとって、「巨大な転換期」でない時代の存在などありえません。新しいテクノロジーの到来がもたらす時代の変革は、結果的には、僕たちに常に新しい文化を与え続けてきたことを、僕たちは決して忘れてはいけない。星海社から放たれる才能は、紙のみならず、それら新しいテクノロジーの力を得ることによって、かつてあった古い「出版」の垣根を越えて、あなたの「人生のカーブを切らせる」ために新しく飛翔する。僕たちは古い文化の重力と闘い、新しい星とともに未来の文化を立ち上げ続ける。僕たちは新しい才能が放つ新しい輝きを信じ、それら才能という名の星々が無限に広がり輝く星の海で遊び、楽しみ、闘う最前線に、あなたとともに立ち続けたい。

星海社が星の海に掲げる旗を、力の限りあなたとともに振る未来を心から願い、僕たちはたった今、「第一歩」を踏み出します。

二〇一〇年七月七日

星海社　代表取締役社長　杉原幹之助
代表取締役副社長　太田克史